彩绘诺贝尔

丛林历险记

[英] 约瑟夫·鲁德亚德·吉卜林 著
银珊 译 周淑欣 杨周原 绘

SPM 南方传媒 花城出版社

中国·广州

图书在版编目（CIP）数据

丛林历险记 /（英）约瑟夫·鲁德亚德·吉卜林著；银珊译；周淑欣，杨周原绘. -- 广州：花城出版社，2025.1. --（彩绘诺贝尔）. -- ISBN 978-7-5749-0335-7

Ⅰ. I561.84

中国国家版本馆CIP数据核字第2024MM8424号

出 版 人：	张　懿
责任编辑：	揭莉琳
责任校对：	梁秋华
技术编辑：	凌春梅
封面设计：	林卡伊
插画绘制：	周淑欣
	杨周原

书　　名	丛林历险记
	CONGLIN LIXIAN JI
出版发行	花城出版社
	（广州市环市东路水荫路11号）
经　　销	全国新华书店
印　　刷	深圳市福圣印刷有限公司
	（深圳市龙华区龙华街道龙苑大道联华工业区）
开　　本	880毫米×1230毫米　32开
印　　张	7.875　1插页
字　　数	117,000字
版　　次	2025年1月第1版　2025年1月第1次印刷
定　　价	58.00元

如发现印装质量问题，请直接与印刷厂联系调换。
购书热线：020-37604658　37602954
花城出版社网站：http://www.fcph.com.cn

摩格利

老头狼阿克拉

棕熊巴鲁

黑豹巴希拉

蟒蛇卡阿

老虎谢尔汗

大象哈蒂

目录
Contents

1   摩格利的兄弟们

41   卡阿的狩猎

90   恐惧如何降临

124   丛林法则

129   "老虎——老虎!"

164   国王的驯象钩

196   春日的奔跑

摩格利的兄弟们

蝙蝠蒙放走了黑夜

鸢鹰契尔又将它带回——

牛群早已被关进棚厩

因为我们要彻夜放纵,直到天明。

这正是耀武扬威的好时候,

看我们张牙舞爪,龇牙咧嘴。

哦,听那呼喊——祝大家打猎顺利,

遵守丛林法则的兽民们!

——《丛林夜歌》

这是西奥尼山中一个顶暖和的傍晚，狼爸从白日酣睡中醒来，正好七点钟。他挠挠痒，打了个哈欠，然后逐一伸展四个爪子，试图驱散爪尖上残留的睡意。狼妈躺在四只翻滚叫嚣的狼崽身旁，不时用灰色的大鼻子拱一拱小家伙们。明亮的月光照进洞口，照耀着他们一家居住的洞穴。"嗷呜！"狼爸说，"又要去打猎了。"他正准备纵身跃出洞口，跳下山丘，一个长着毛茸茸大尾巴的小黑影挡住了出口，可怜巴巴地说："狼大王，祝您好运常相伴，祝您高贵的孩子们好运气，祝他们牙齿白亮又结实，胃口好得他们决计忘不了世界上还有我这么忍饥挨饿的家伙。"

这是舔盘子的塔巴奎——一条全印度的狼都瞧不起的豺狗。他总喜欢四处搬弄是非，乱嚼舌根，还爱在村子的垃圾堆里翻找残羹剩菜，啃食破布头和烂皮革。不过狼们也害怕塔巴奎，因为他比丛林里别的任何动物都更容易犯疯病。他一发起病来，就谁也不怕了，在森林里东跑西窜，逮谁咬谁。赶上塔巴奎发疯的时候，老虎也要躲开，因为野兽们认为染上疯病是最丢脸的事。人类称之为"狂犬病"，不过野兽们管这个病叫"德瓦尼"，遇上了可得赶紧跑。

"那你就进来看看吧,"狼爸冷冰冰地说,"这儿可没什么好吃的。"

"对狼来说,的确如此,"塔巴奎谦卑地说,"可对我这么卑贱的豺狗,一块干骨头也是一顿大餐。我们是谁?豺狗啊!有啥好挑剔的?"他小步疾奔到后洞,在那儿找到一块带点肉丝的鹿骨头,便美滋滋地坐下啃起来。

"感谢您的盛情款待!"吃完骨头,豺狗舔舔嘴唇恭维道,"您高贵的孩子们长得可真漂亮啊!看他们的大眼睛!他们还小着呢!真是的,我怎么能忘了呢,大王的孩子们从小可就仪表堂堂!"

塔巴奎清楚得很,当面恭维人家的孩子可不是件吉利事。当他看到狼爸和狼妈被他的话弄得老不自在,心里痛快极了。

他纹丝不动地端坐在那儿,为自己干的好事暗暗得意。随后,他又阴恻恻地说:"谢尔汗大王已经换了他的狩猎场。他告诉我,从下个月开始,他要到这一带的山里狩猎。"

谢尔汗是一头老虎,住在二十英里①外的韦恩根格河畔②。

"他无权这么做!"狼爸一下子怒了,"按照'丛林法则',没有预先通知的话,谁都无权改变狩猎场。他这样做会吓跑方圆十英里的猎物。我……我这些天一个人得打两个人的猎物呢。"

"他妈叫他瘸子可不是没缘故的,"狼妈平静地说,"他一生下来就瘸了一条腿,所以只能猎杀耕牛。现在韦恩根格河附近的村民们都恨透他了,他只好跑来这里干坏事。要是惹火了这儿的村民,他们上山来找他算账,他一准躲得远远的。到时如果村民放火烧山,受连累的就是咱们和孩子们了。哼,我们可真得感谢谢尔汗大王啊!"

"需要我向谢尔汗大王转达你们的谢意吗?"塔巴奎故作殷勤地问。

"滚出去,"狼爸厉声呵斥,"滚出去和你的主子打猎

---

① 1英里约为1.61公里。
② 韦恩根格河(Wainganga River)是印度哥达瓦里(Godavari)河支流。

吧。你今晚干的好事够多了。"

"我这就走,"塔巴奎不以为意地说,"其实不用我捎信,你们听,谢尔汗大王这会儿就在下面的丛林里呢。"

狼爸侧耳细听,他听到小河流经的涧底传来一只老虎粗鲁愤怒的吼叫。老虎一无所获,怒气冲冲地大声咆哮,毫不在乎自己的举动惊扰了整个丛林的居民。

"笨蛋!"狼爸鄙夷地说,"才一开始打猎就吵吵嚷嚷的,他以为这儿的公鹿跟韦恩根格河的小肥牛一样好得手吗?"

"嘘,他今晚要抓的不是小牛,也不是公鹿,"狼妈说,"是人。"谢尔汗的哼哼声变成了低沉的呜呜声,像从四面八方向中间围拢。这叫声能把露宿野外的樵夫和吉卜赛人吓得惊慌失措,四处逃窜,有时反而刚好撞进老虎嘴里。

"人!"狼爸惊得露出一嘴尖牙,"哈!池塘里的甲壳虫和青蛙还不够吃,他非得吃人吗?还要在咱们的地盘上!"

"丛林法则"里的每条规定都自有道理,法则严禁任何野兽吃人。之所以定下这个规矩,是因为一旦杀了人,迟早会有骑着大象、带着枪支的白人,以及手持铜锣、火箭、火把的当地村民进山报仇。到那时,丛林里的野兽都得遭殃。对于这个规矩,兽类是这么理解的——在所有生物中,人最软弱,最缺乏自卫能力,所以攻击人是不公平的。他们还说野兽要是吃了人,身上会长癞疮,连牙齿也会脱落。

吼声越来越响,最后只听得"嗷呜"一声,老虎咆哮着纵身扑向猎物。可紧接着又传来一声哀嚎,这声音可不像谢尔汗的。"没抓住!"狼妈吃惊地说,"怎么搞的?"

狼爸向外跑了几步,想一探究竟,却听到谢尔汗在树丛里翻来滚去,嘴里嘟嘟囔囔地咒骂个不停。

"这傻瓜居然蠢得跳到樵夫的火堆里,还把脚烫伤了,"狼爸咕哝着,"塔巴奎和他一起。"

"有东西上山了,"狼妈的一只耳朵支棱了一下,"准备好。"

树林的灌木丛沙沙作响,狼爸伏下身子,准备扑向来者。接下来,可真算得上是精彩的一幕——狼爸腾空一跃,却又在半空中收住身子。刚刚他还没看清楚对方就跳了起来,等看清后又硬生生止住跳跃,于是他直直地跳到四五尺高后又几乎落回了原地。

"是人!"狼爸疾声道,"一个小人崽,快看哪!"

在他面前站着一个刚会走路的棕皮肤小娃娃。他全身赤裸,手持一根小树枝,面带微笑地盯住狼爸。狼爸从未想到会有一个如此柔软可爱的小家伙在这更深夜静之时来到自己的家。

"那是人的娃娃吗?我还从没见过呢!把他叼来让我看看。"狼妈欣喜地说。

狼习惯用嘴衔住自己的小狼将他们挪来挪去;有必要的话,他甚至能叼起一只鸡蛋,鸡蛋却毫无损伤。狼爸用嘴叼住孩子,将他放在四只小狼崽之间。孩子背上的皮肤一点都没破。

"他多小啊!多光滑啊!不过他可真大胆。"狼妈温柔地看着小娃娃。小娃娃从小狼崽中间挤过去,贴近狼妈温暖的肚皮。"啊哈,你看他跟咱们的孩子一块吃起来了!这就是人的娃娃?谁敢像我现在这样夸口说,有个小人崽和自己的孩子们待在一起?"

"这种事我听说过几次。可在我们的族群中,而且在我

们这一辈里,还真没听说有谁碰上过。"狼爸说,"你看他这么小,浑身上下也不长毛,我一挥爪子就能把他拍死。可他竟敢直勾勾地盯着咱们看,一点儿也不害怕。"

洞口的月光被遮住了,原来是谢尔汗把他那方方正正的大脑袋和宽肩膀塞了进来。他身后传来塔巴奎尖细的声音:"大王,大王,他从这儿进去了。"

"欢迎谢尔汗大驾光临,"狼爸嘴上客客气气,眼中却盛满怒火,"您有何贵干呢?"

"来找我的猎物!一个人类的小崽子往这儿来了。"谢尔汗毫不客气地说,"他父母都跑了,快把他交给我。"

狼爸没说错,为了抓小娃娃,谢尔汗刚才扑到樵夫的篝火里烫伤了脚,简直要气疯了。不过狼爸知道,老虎被狭窄的洞口卡住了身子,他根本进不来。虽然他想冲进洞里,可肩膀和利爪却被卡得动弹不了,好比一个人想挤进木桶跟人打架,完全放不开手脚。

"狼是自由的民族,"狼爸高傲地说,"我们只听头狼的命令,轮不到你这个长满条纹、专杀牲口的家伙对我们指手画脚。人崽是我们的,他的死活我们说了算。"

"什么叫你们说了算？以我杀死的公牛起誓，你们是要让我把鼻子伸进你们的狗窝来要人吗？我可是谢尔汗！我说了算！"

老虎雷鸣般的咆哮震得山洞轰隆作响。狼妈抖抖身子，冷不丁地从孩子们中间蹦起来，冲上前去。她的眼睛在黑暗中熠熠发光，就像两盏绿莹莹的灯笼，死死地瞪着谢尔汗怒火熊熊的双眼。

"我是拉克夏（魔鬼），让我来回答你！这个小人崽是我的，你休想夺走他！他会活下去，成为狼群的一员，跟我们一起奔跑，一起捕猎。瞧瞧你！捕杀这么小的娃娃，你还吃青蛙，杀鱼！总有一天，这个小娃娃会来猎杀你！马上从这儿滚出去，我发誓，滚回你妈身边去，你这个烧焦了毛的丛林畜生，否则我会让你的腿比生下来还瘸！滚！"

狼爸吃惊地看着眼前的一幕。他几乎快忘了当年自己是如何与其他五头狼搏斗并胜出，赢得狼妈的芳心。那时狼妈被狼群称为"魔鬼"，可绝非浪得虚名。谢尔汗也许能打得过狼爸，不过他可没办法站直身子来对付狼妈。谢尔汗心里也很清楚，狼妈现在的位置占据上风，能和他斗个你死我活。他愤怒地低吼着,慢慢退至洞外,却又不甘心地厉声高呼:"每条狗都只在自己的后院汪汪叫!我倒要看看狼群是不是答应你收养这个人崽。这个小崽子是我的,终有一天他会落到我手中。你们这些毛尾巴贼!"

狼妈气呼呼地跃回狼崽们身边躺下来。狼爸严肃地问:"谢尔汗说得不错,我们得把人崽带去给狼群看看才行。你还想收养他吗,妈妈?"

"收留他!"狼妈气喘吁吁地说,"他赤身裸体、饿着肚子,在漆黑的夜晚一个人孤零零地来到这里,可他一点都不害怕!瞧,他都挤开了我们的一个孩子。要是不收留他,那个瘸腿屠夫会杀了他,然后逃回韦恩根格河。那时村里的人会来这儿复仇,把咱们家翻个底朝天!你问我要不要收留他?我一定要留下他!躺好别动,小青蛙。哦,你就像一只小青蛙,我要叫你小青蛙摩格利。现在谢尔汗追杀你,将来有一天你会追杀他。"

"可我们的狼群会同意吗?"狼爸担心地问。

"丛林法则"里说得清清楚楚,当一头狼决定组成家庭时,他和伴侣就要退出他们所在的狼群;一旦他们的孩子长到能跑的年纪，他们就得带孩子去参加狼群大会，让其他的狼认识。大会一般在每个月的月圆之夜举行。小狼们被狼群接受后，就能在狼群的领地里随意跑动，爱去哪儿去哪儿。在小狼们第一次成功杀死猎物之前，狼群里的成年大狼绝不能以任何理由杀死一只小狼，否则凶手将被狼群就地处死。如果你稍作思考就会明白，因为小狼是狼群繁衍生息的希望。

狼爸一直等到四个小狼崽终于能稍微跑上几步，才在一个月圆之夜，带着小狼们、摩格利和狼妈一起去参加狼群大会。那夜，他们一家子来到举行大会的会议岩。这是个乱石林立的小山头，足足容得下一百头狼在此藏身。单身的大灰狼阿克拉是狼群首领，他凭借过人的身手和头脑让群狼对他俯首帖耳。这会儿，他正舒展身子懒洋洋地躺在岩石上，岩石下方坐着四十几头大小不一、毛色各异的狼。其中既有长着獾色毛皮，力气大得能杀死一头公鹿的老狼，也有一群才三岁大、自以为能与狼群前辈一较高下的年轻黑狼。阿克拉已经做了一年的头狼。年轻时他曾经两次掉入猎人设下的陷阱，有一次还被人狼揍一顿，当作死狼丢下。所以，他对人类惯用的伎俩一清二楚。狼群在会议岩上很少吭声。狼爸狼妈们围坐成一圈,圈子中间是翻滚打闹的小狼崽们。一头头老狼悄无声息地走近小狼崽,认真地打量,再悄悄地退回自己的位置。有时有些狼妈会把自己的孩子远远地推到月光下,让大家看清楚,避免以后发生误会。阿克拉躺在岩石上,不停地喊:"大家都知道咱们的法则——大家都知道咱们的法则。诸位可瞧仔细喽!"一些狼妈也跟着急切地叫:"看啊——好好看看啊,各位!"

终于轮到摩格利出场了。当狼爸把青蛙摩格利——狼爸和狼妈都这么叫他——推到圈子中间时,狼妈紧张得颈上的鬃毛都竖了起来。摩格利笑嘻嘻地坐在那儿,兀自玩弄着几颗在月光下闪闪发光的小石子。

阿克拉趴在自己的爪子上,头也不抬地继续喊:"瞧仔细喽!"他的声音单调平稳,毫无波澜。就在这时,从石堆后传来一阵闷声闷气的咆哮,那是谢尔汗的喊声:"那人崽是我的,把他还给我!这个人崽跟你们这些自由的兽民有什么干系?"阿克拉毫不在意,连耳朵也没有动一下,兀自喊着:"瞧仔细喽,诸位。自由的兽民随心所欲,谁也别想命令我们。好好瞧瞧吧！"

狼群中传来阵阵低嗥，一头四岁的年轻狼向阿克拉重复谢尔汗的问题："自由的兽民跟一个人崽有什么干系？""丛林法则"中规定，如果狼群对一只小狼加入的资格有争议，仅有他的父母要求还不够，至少还得经过狼群的其他两位成员同意，他才能得到认可。

"谁来为这个人崽辩护？"阿克拉说，"自由的兽民们，谁愿意为他辩护？"群狼没有回应，四下里一片沉寂。狼妈早就做好了决一死战的准备，如果决斗无法避免，她知道自己只能破釜沉舟。

这时，棕熊巴鲁开口了。他是唯一被允许参加狼群大会的异类。爱打瞌睡的老巴鲁只吃坚果、植物根块和蜂蜜，专门教小狼崽学习"丛林法则"，所以他在狼群里来去自由。他直起身，嘴里嘟嘟囔囔。

"人崽？人崽？"他说道，"我来替人崽辩护。人崽伤害不了我们。虽然我笨嘴笨舌，可我说的都是大实话。让他加入狼群吧，我可以亲自教他。"

"还得有另一位成员的担保。"阿克拉说，"巴鲁已经开口了,他可是幼狼们的老师。还有谁愿意站出来?"

一道黑影跳进圈子里,是黑豹巴希拉。巴希拉长着一身墨黑的皮毛,有时在亮光下会显出波纹般的斑点。狼群里个个都认识巴希拉,可谁也不敢去招惹他。他像塔巴奎一般狡黠,像野牛一般凶猛,像受伤的大象那样无所畏惧。可他的嗓音却甜腻如蜜,皮毛软如细绒。

"嗨,阿克拉,自由的兽民们,你们好。"巴希拉嗓音低柔,"我原本无权参加你们的大会,不过'丛林法则'也有规定,如果对一个孩子的处置有争议,且又无关生死,那么这个孩子是可以赎买的。法则也没规定谁能买,谁不能买。我说得对吧?"

"说得对!说得对!"几头总是吃不饱的年轻狼跟着起哄,"让巴希拉说下去。这个人崽可以赎买,这是法则规定的。"

"我知道自己无权在此发言,我得请求你们的首肯。"

"说下去!"二十头狼齐声喊起来。

"杀死一个没毛的小人崽是可耻的。况且等他长大了,也许能帮你们抓来更多的猎物。巴鲁已经替小人崽说话了。

现在，你们若能依照法则接受他加入狼群，我愿意为他再出一头公牛——一头大肥牛，刚杀的，就在离这儿不到半英里的地方。这事儿还有什么为难的地方吗？"

狼群骚动起来，几十头狼喧嚷道："让他加入狼群又能怎样呢？冬雨会把他冻死！太阳会把他烤焦！一只小青蛙能给我们带来什么伤害？让他加入狼群吧。公牛在哪儿呢，巴希拉？我们接受他啦。"此时，再次响起阿克拉低沉的喊声："好好瞧瞧——好好瞧瞧吧，各位！"

摩格利对周遭发生的一切毫不在意，他自顾自地玩弄着手里的鹅卵石，压根没注意到群狼挨个地走近他，围着他细细打量。最后，其他的狼都离开会议岩去享受巴希拉的肥牛，只剩下了阿克拉、巴希拉、巴鲁和摩格利一家子。谢尔汗还在黑暗中不停咆哮，因为没能得到摩格利而火冒三丈。

"好呀，好好吼吧，"巴希拉抖抖胡子说，"总有一天，这个小家伙会让你换种声调的，我太了解人类啦。"

"干得好！"阿克拉说，"人类和他们的孩子都很聪明。说不定他以后能给我们帮上忙。"

"没错，必要时他能帮上大忙。因为谁都不能永远当头领。"巴希拉说。

阿克拉一言不发。这会儿他正想着每个狼群头领都会迎来的必然结局：精力衰退，越来越虚弱，最终被其他狼杀死，然后狼群又产生一位新的头领——这是一个周而复始的过程。

想到这儿，他对狼爸说："带他走吧，好好训练，让他成为一名合格的自由之民。"

就这样，靠着巴鲁的好话和巴希拉的一头公牛，摩格利加入了西奥尼的狼群。

现在，请你们安心地跳过后面十年左右的时间，也可以猜猜这些年来摩格利在狼群中的精彩生活。因为要想把这十来年的生活都写出来，得写上好些本书呢。摩格利和狼爸家的四个小狼崽一块儿成长，当然了，摩格利还是个孩童时，小狼崽们就已经长大成年了。狼爸教给摩格利各种本领，教他认识丛林万物的含义，直到他对丛林里发生的一切都了如指掌，如同一个熟悉自己所有办公室工作的商人一样。他清楚草丛里的每一丝响动，暖夜的每一缕微风，猫头鹰在头顶发出的每一声啼鸣，甚至连蝙蝠在树上短暂停歇时脚爪的每一下抓挠，小鱼跃出池塘溅起的每一阵水声，他都清清楚楚。不学习的时候，摩格利就坐在阳光下，睡醒了就吃，吃饱了接着睡。要是觉得身上脏了或热了，他就跳进森林的池塘中游泳。想吃蜂蜜了（巴鲁告诉他蜂蜜和坚果跟生肉一样可口），他就爬上树去取——这个本事还是巴希拉教他的。巴希拉老是卧在树枝上唤他："快点儿呀，小兄弟。"一开始，摩格利只能紧紧搂住树枝，不敢动弹。可后来他就像灵活的猿猴一样，勇敢地在树枝间跳来荡去。在狼群大会上他也有了一席之地。他在那儿发现任何一只狼都不敢直视他的眼睛。要是他紧盯着一头狼看，这头狼很快就会被他逼得垂下双眼。于是摩格利老是盯着其他狼取乐。他也常常帮他的朋友们拔掉扎进脚掌的长刺，被荆棘扎到的滋味可不好受。他也会在夜晚偷偷下山，穿过田野，走进村庄，好奇地窥探住在茅屋里的村民。但他并不相信人类，因为巴希拉曾经带他看过一个装着活门的方匣子，告诉他这是人类设下的陷阱。这个匣子巧妙地藏在丛林里，他差点不小心走了进去。摩格利最喜欢和巴希拉一块儿走进幽暗温暖的密林深处，在那儿懒洋洋地睡上一整天，到了晚上就看巴希拉如何捕猎。

巴希拉要是饿了，就会大开杀戒，摩格利也和他一样——不过他们都不杀牛。打从摩格利懂事起，巴希拉就告诫他永远都不能碰耕牛，他之所以能加入狼群，就是用一头公牛的命换回来的。"整个丛林都是你的。"巴希拉说，"只要你有本事，想怎样都行。但是看在那头公牛的分上，绝不要杀牛或吃牛，不管是小牛犊还是大公牛。这也是'丛林法则'。"摩格利将这条戒律谨记在心上，从不违抗。

摩格利越长越结实。他整天就想着吃，其余诸事一概不理，自然长得壮实。

狼妈跟他说过几次，谢尔汗不值得信任，总有一天他一定要干掉谢尔汗。一头小狼或许能时刻铭记这些忠告，不过摩格利却做不到，他还只是个小男孩——哪怕他会讲人话，他也会坚持说自己是头狼。

谢尔汗时常在森林中出没。阿克拉渐渐年老体衰，瘸腿老虎便趁机拉拢狼群中年轻的狼们，让这些狼跟在他后面吃些余腥残秽。以前他可不敢这么做，因为阿克拉绝不会允许他越雷池半步。谢尔汗还老在那些年轻的狼面前挑拨离间，说他们是一群如此优秀的年轻猎手，怎么会心甘情愿地向一头垂死的老狼和一个人崽俯首称臣。"他们告诉我，"谢尔汗说，"在狼群大会上你们都不敢跟那个人崽对视。"这些年轻的狼听了，纷纷竖起颈毛，恼羞成怒地嘶吼起来。

巴希拉耳目众多，对此也有所耳闻。好几次，他语重心长地提醒摩格利，小心哪天谢尔汗会对他下手。摩格利总是不以为意地笑着说："我有狼群，还有你！再说了，我还有巴鲁呢。虽然他很懒，不过看在我的分上，他也会拍那家伙几巴掌！我有什么可担心的？"

这一天温暖和煦，巴希拉突然冒出一个新念头——因为他听到了一些消息，可能是豪猪撒希跟他说的。这会儿，巴希拉与摩格利正躺在密林深处，小男孩把头枕在他漂亮的黑色皮毛上。巴希拉开口道："小兄弟，谢尔汗是你的死敌，这话我跟你说了多少遍？"

"好多遍，多得跟这棕榈树上的果实一样数不清。"摩格利答道。自然，他不会数数。"有什么打紧的？我困了，巴希拉。谢尔汗不过长了条长尾巴，说话很大声罢了——就跟孔雀摩尔一样。"

"你现在可没时间睡觉了。巴鲁知道了，我也知道了，狼群知道了，就连森林里那些蠢鹿也知道了。塔巴奎早跟他们说了。"

"嚯！嚯！塔巴奎还跑过来对我没头没脑地说了一堆狠话，说什么我是个不长毛的人崽，连挖花生都不配。"摩格利气呼呼地说，"不过我抓住他的尾巴，把他狠狠地往树上摔了两次，他就学乖了。"

"你这么做可真傻。塔巴奎确实喜欢搬弄是非，不过他的话可是攸关你的生死。睁大眼睛，小兄弟。谢尔汗绝不敢在这丛林里杀了你，因为他惧怕你的朋友。可你得记住，阿克拉已经老了，很快他就没办法捕猎强壮的雄鹿。那时候，他就做不成狼群的头领了。你第一次参加狼群大会时那些接受你加入狼群的狼，现在也大多老了。这些年轻的狼受了谢尔汗的挑拨，认定了一个人崽不该混进狼群。不久你就要做回人了。"

"做了人，就不能和自己的兄弟们一起玩了吗？"摩格利不解地说，"我在丛林里出生，我一直遵守'丛林法则'，我为狼群里的每一头狼拔过刺。他们当然是我的兄弟啊！"

巴希拉伸了个懒腰，半眯着眼睛说："小兄弟，过来摸摸我的下巴下面。"

摩格利抬起他结实的棕色小手，伸向巴希拉的下巴，这儿厚厚的皮毛遮住了一块块巨大灵活的肌肉。在光滑亮泽的皮毛下，他摸到了一小块光秃秃的地方。

"丛林里谁都不知道我巴希拉有这个印记，这是项圈留下的印痕。还有，小兄弟，我出生在人群中，我妈妈也死在人群中，她死在乌代浦，王宫的笼子里。正因为如此，当你还是个光溜溜的小人崽时，我才会在狼群大会上赎下你。是的，我也出生于人群中，之前从未见过丛林。人们将一个铁盆伸进铁笼里给我喂食，直到一天晚上我意识到自己是巴希拉——黑豹巴希拉，并不是人类的玩物。于是我一掌拍断那个愚蠢的笼锁，离开了。也正是因为我见识过人类的手段，所以才成为丛林里比谢尔汗更可怕的角色。难道不是吗？"

"没错，"摩格利说，"丛林中的所有动物都惧怕巴希拉——除了我摩格利。"

"哦，你是个小人崽。"黑豹无比温柔地说，"就连我都回到了丛林，最后你也得回到人群中去，回到你的兄弟姐妹中去——要是你没死在狼群大会上的话。"

"可是为什么呢？为什么会有动物想杀了我？"摩格利疑惑地问。

"看着我。"巴希拉命令道。于是摩格利坦然自若地盯着他的眼睛。大黑豹只坚持了半分钟，就把头扭开了。

"这就是原因，"他边说边挪动了一下搭在树叶上的爪子，"连我都不敢直视你的眼睛。我可是在人群中出生，我爱人类，小兄弟。那些家伙恨你，因为他们不敢看你的眼睛，因为你很聪明，因为你能为他们拔掉扎进脚底的棘刺——因为你是人。"

"我对这些毫不知情。"摩格利闷闷不乐地说，两条浓密的黑眉紧紧拧在一起。

"'丛林法则'怎么说来着？先动手，再动口。正因为你粗心大意，他们才会知道你是个人。你得放聪明点。我很清楚，一旦阿克拉下次捕猎失手——现在他每次捕杀公鹿的时间可是越来越长了——狼群就会掉头来对付他。还有你，"巴希拉说着，从地上一跃而起，"你快下山，去山谷里人类住的茅屋里取一点他们种在那儿的红花。这样一来，等到决战时刻,你就能有一个厉害的帮手,比我、巴鲁,或是爱你的那些狼朋友都要厉害。快去取红花!"

巴希拉口中所说的红花就是火,不过丛林中没有哪种动物胆敢这么称呼它,因为所有的动物对火都害怕得要命,于是想出了成百种名字来称呼它。

"红花?"摩格利好奇地问,"日落时分那些红花就种在他们茅屋外。我会去取些回来。"

"这才像是人崽说的话,"巴希拉骄傲地说,"记住,它长在小罐子里。你快去取一朵来好好保存,以备不时之需。"

"好,我去。"摩格利干脆地说,"不过你确定吗?我亲爱的巴希拉,"他一只手环住巴希拉粗壮的脖子,紧紧地盯着那双大眼睛,"你确定这一切都是谢尔汗在捣鬼吗?"

"以还我自由的那把破锁发誓,我确定,小兄弟。"

"那么,以赎买我的公牛发誓,我会让谢尔汗为这一切付出代价,这事没完!"摩格利说完就跑开了。

"这才是人,一个真正的人。"巴希拉自言自语道,又一次躺了下来,"哦,谢尔汗,你该后悔的,再也没有哪次捕猎比得上你十年前要猎杀这只小青蛙这般不走运了!"

摩格利拼命地奔过丛林，越跑越远。他激动得心脏怦怦直跳。薄暮时分，他回到狼穴，深吸一口气，望向山下的山谷。他的狼兄弟都出去了，此时狼妈正躺在洞穴深处。听到他粗重的呼吸，狼妈知道她的小青蛙遇到了烦心事。

"怎么了，儿子？"她大喊道。

"蝙蝠跟我说了谢尔汗的一些事，"摩格利高声回应，"我今晚要去耕地那边打猎。"说完，他一头扎进灌木丛，往谷底的小溪冲去。突然他停下脚步，他听到了狼群捕猎时的嚎叫。一头公鹿被狼群团团围住，无法脱身。他大吼一声，喷着响鼻，转身面向长嗥的狼群。这时那些年轻的狼不怀好意地高声嚷嚷起来："阿克拉！阿克拉！让独狼一展雄风吧！""让狼群首领大显身手啊！""上啊！阿克拉！"

摩格利听到牙齿相互撞击的咔咔声，紧接着独狼发出一声短促而痛苦的尖叫。阿克拉一定是扑了上去，却没咬死猎物，反倒被公鹿踢翻了。

摩格利再也听不下去，他像箭一般往前冲去。他一口气跑进了村民的庄稼地，此时身后的狼嚎声变得越来越微弱。

"巴希拉说的全都是真的。"他气喘吁吁地停在一座小屋旁，靠着窗前的一堆喂牛的草料休憩，"对我和阿克拉来说，明天都是至关重要的一天。"

随后他把脸贴近窗前，仔细观察炉灶里的火苗。他看见农夫的妻子站起身往炉火中投入一块块黑漆漆的东西，让火彻夜也不熄灭。清晨，寒冷的白雾升起，笼罩大地。他看见农人的孩子捧起内壁涂满泥的柳条罐，往罐子里塞进一块块火红炽热的木炭，然后用毛毯盖住罐子，抱着它出门去牛棚喂牛。

"就这样吗？"摩格利心想，"如果一个小崽子都能做，那就没什么好怕的了。"于是他大步走过屋角，挡住了男孩的去路。摩格利一把抢走男孩手中的罐子，撇下那个惊得哇哇大叫的孩子，迅速地消失在晨雾中。

"他们跟我长得真像呢。"摩格利喃喃自语，学着他昨夜见到的那位妇人的样子往罐子里吹气。"如果不给红花喂点东西，它会死掉吧？"想到这儿，他往这红色的东西里扔了点小树枝和干枯的树皮。走到半山腰，摩格利遇到了巴希拉。巴希拉全身挂着闪闪发亮的晨露，就像是穿了一件镶着月光石的大衣。

"阿克拉失手了,"黑豹说,"昨晚他们本来要干掉他,不过他们还想找到你再动手。他们一直在山上找你。"

"我去了村民的耕地那儿。我已经准备好了。你看!"他举起手中装着火苗的柳条罐。

"很好!我见过人往这里面塞进一根枯枝,树枝那头马上就会开出一朵红花。你不怕吗?"

"不怕。我为什么要怕?我现在记起来了——如果这不是个梦的话——在我变成一头狼之前,我曾躺在红花旁,那儿既温暖又舒适。"

这一整天,摩格利哪儿都没去,就坐在狼穴里侍弄他的火罐。他把干枯的树枝伸进火罐,看它们会变成什么样。最后他终于找到一根让他满意的树枝。傍晚时分,塔巴奎来到狼穴,毫不客气地让他去参加狼群大会。他哈哈大笑,吓得塔巴奎狼狈而逃。摩格利一路大笑着来到狼群跟前。

独狼阿克拉躺在他过去一直躺卧的岩石旁,这意味着狼群首领的位置现在空出来了。谢尔汗在会议岩上趾高气扬大摇大摆地走来走去,身后是那些狼群跟屁虫。巴希拉紧挨着摩格利趴下来,柳条罐就放在摩格利双膝之间。眼看大伙

儿都到齐，谢尔汗开口了——如若阿克拉正值年轻力壮的盛年，他绝不敢如此放肆。

"他无权这么做，"巴希拉在摩格利耳边低语，"你来说。骂他是个狗崽子。他会被吓破胆的！"

摩格利从地上蹦起来。"自由的兽民们，"他大喊道，"难道谢尔汗是狼群的首领吗？我们选头领，轮得到一个狗崽子来指手画脚吗？"

"既然头领的位置还空着，而我也是应邀发言……"谢尔汗又说道。

"谁让你来的？"摩格利毫不客气地打断他，"难道我们都是豺狗，要去巴结这个专杀耕牛的屠夫吗？选谁做狼群的头领，狼群自己来决定！"

狼群中发出此起彼伏的叫声："闭嘴！你这个人崽！""让他说下去。他一直遵守我们的法则！"最后，几条老狼怒气冲冲地嚷道："让那条死狼说吧。"一旦头狼在捕猎时失手，只要活着他就会被称作"死狼"，不过通常他也活不久了。

年迈的阿克拉疲倦地抬起头，说："自由的兽民们，还有你们,谢尔汗的走狗们,这些年来我领着你们捕猎,没有一头狼掉下陷阱或者遭受重伤。现在我逮不住猎物了,你们心里都很清楚这是个局。你们把我引到一头年轻力壮的公鹿身边,存心让我出丑。你们处心积虑。现在,你们有权在这会议岩上干掉我。所以,我倒要问一句,谁来结束我独狼的生命?因为根据'丛林法则',我也有权要求你们轮流跟我单独决斗。"

狼群一片静默,谁也不敢单独跟阿克拉决一死战。这时,谢尔汗咆哮道:"呸!我们凭什么要听这个没牙笨蛋的话?他活不长了!倒是那个人崽,他还活得好好的!自由的兽民们,打一开始他就是我的猎物。把他还给我。我烦透了这个人不像人、狼不像狼的蠢蛋,这十年来他一直在扰乱丛林。把这个人崽还给我,否则我以后会经常来这里捕猎,一块骨头也不留给你们。他是一个人,一个人类的孩子,我对他恨入骨髓!"

一大半的狼随声呼应:"人!人!一个人和我们狼有什么关系!让他从哪儿来就回哪儿去!"

"然后带着所有的村民回来找我们算账吗?"谢尔汗怒

不可遏地吼道，"不可以！把他交给我！他是个人，我们谁都不敢与他对视。"

阿克拉再次抬起头，说道："他和我们同吃同睡，帮我们追逐猎物。他从未破坏过'丛林法则'。"

"另外，我为了让你们接受他，还出了一头公牛。公牛事小，但是我巴希拉的名誉事大，说不定我也会为此战斗。"巴希拉的声音无比温柔，却暗含杀气。

"十年前的一头公牛！"狼群愤怒地嚷嚷着，"我们干吗要在乎十年前的一堆白骨呢？"

"那么诺言呢？你们在乎吗？"巴希拉咧开嘴，露出白森森的利齿，"你们还管自己叫自由的兽民吗？"

"人崽绝不能与丛林兽民待在一起，"谢尔汗咆哮着，"把他交给我！"

"除了血统有别，他就是我们的亲兄弟，"阿克拉接着说，"可你们却要在这儿杀掉他！没错，我确实老了。你们中有些狼猎杀耕牛，我还听说在谢尔汗的教唆下，你们之中有一些会趁着夜色溜进村庄，从村民家门口偷走他们的孩子。所以我就知道，你们都是胆小鬼，我在跟一群胆小鬼说话。我肯定会死，只可惜我的命不值钱，否则我愿意用我的命来换这个人崽的命。眼下狼群没有头领，所以你们也忘了狼群名誉这一说，这件事自然显得无关紧要——但是为了狼群的名誉，我保证，如果你们愿意放他安全离开，要是你们想干掉我，我绝不反抗。这样至少好几头狼不用白白送死。别的我不敢说，至少我能保住你们的名誉，让你们不会因为干掉一位无辜的兄弟而声名受损。更何况，当年他是依照'丛林法则'获得担保，并付出代价后加入狼群的。"

"他是个人！一个人！一个人！"狼群的嗥叫声此起彼伏。大多数狼围到谢尔汗身边，而后者已经开始得意地摇动尾巴，摆出一副势在必得的架势。

"现在轮到你来做决定了，"巴希拉对摩格利说，"除了战斗，我们别无选择。"

摩格利捧起盛火的柳条罐，挺直身子站起来。接着他伸长手臂，当着狼群的面打了个哈欠。他看上去满不在乎，心中却悲愤交加。他一直把自己当成狼，压根不知道原来狼群如此憎恨自己。"你们听着，"他大喊道，"用不着像狗一样叫个不停。今晚你们再三说我是一个人（其实我本该是条狼,这辈子都跟你们待在一起),说得我都信以为真了。所以我再也不会喊你们做我的兄弟,我要像人一样,叫你们萨格(狗)。现在你们想怎么做,不由你们说了算,由我决定。让我直截了当说清楚吧!我,一个人,带来了一点红花,你们这些狗东西都害怕的红花。"

他把手中的罐子猛地扔到地上,几块烧红的木炭立刻点燃了一簇干枯的苔藓,顿时火光大盛,跳动的火焰让狼群惊恐地直往后退。

摩格利将他下午挑好的那根枯枝伸进火中,片刻间枯枝便噼里啪啦地燃烧起来。他挥舞着火把,高高举过头顶,吓得狼群瑟瑟发抖。

"现在你控制了局势,"巴希拉压低声音说,"救阿克拉一命吧!他一直都是你朋友。"

年迈的阿克拉这辈子从未向谁低头求饶过,此刻他默默无言,可怜巴巴地望着摩格利。透过熊熊的火光,他看见男孩赤身裸体地站在那儿,一头散落的黑色长发在他身后舞动,在跃动的火光中投下数不清的影子。

"好!"摩格利应声答道,缓缓环顾四周,"依我看,你们都是狗。我会离开你们，回到人群中去——如果他们真是我的同类。丛林已经容不下我，我必须忘掉你们的话，还有我们之间的交情。但我会比你们都更仁慈。虽然血统不同，但我差不多也算是你们的兄弟。所以我保证，一旦我回到人群，恢复人的身份，即使你们今天出卖了我，我也绝不会像你们今天这样背叛你们。"他一脚踢上火把，顿时火星飞溅，"我绝不会和狼群中的任何狼交手，不过走之前，我还有一笔账要算。"摩格利话音刚落，就大步向谢尔汗走去。为防不测，巴希拉紧随其后。老虎正一动不动地傻坐在那儿，强烈的火光晃得他不停地眨巴眼睛。摩格利一把抓住他下巴上的一撮毛。"站起来，你这条狗！"摩格利大喊道，"人叫你站起来，你就得站起来，否则我就要烧掉你这身毛。"

炽热的火把近在眼前，谢尔汗吓得紧闭双眼，两只耳朵平平地贴在脑后。

"这条专杀耕牛的狗说，在我很小的时候，他没杀掉我，所以他会在狼群大会上杀了我，吃我一下，再吃我一下。我们人就是这么打狗的！你要是敢动一下，我就把这朵红花塞进你嘴里。"他抄起树枝劈头盖脸地往老虎身上抽去，老虎吓得不敢动弹，趴在地上呜呜哀嚎。

"呸！滚，你这头只会乱叫的野猫！你记着，下次等我再上会议岩，我一定是以人的身份来的，我定要把你的皮披在身上。至于阿克拉，他但凡活着就能自由出入狼群，谁也不许动他，因为我不允许这种事发生。还有，我也不许你们摆出一副大人物的做派，继续懒洋洋地坐在这儿吐舌头，你们不过是我要赶走的一群狗东西——快走！快走！"一团烈火在火把顶端熊熊燃烧，摩格利举着火把在狼群中横冲直撞。不小心被火把燎到皮毛的狼疼得纷纷哀嚎，四散奔逃。最后会议岩上只剩下阿克拉、巴希拉，还有十来头支持摩格利的狼。摩格利觉得自己内心深处似乎隐隐作痛，这感觉他未曾有过。他哭得透不过气来，大颗的泪珠顺着他的脸颊流下来。

"这是什么？这是什么？"他惊恐地说，"我真的不想离开丛林，我真不知道这是什么。我要死了吗，巴希拉？"

"不，小兄弟。这是眼泪，只有人才会有的眼泪，"巴希拉安慰道，"现在我知道你真的长大成人了，再也不是个小人崽了。从今往后，丛林确实容不下你了。让它们流下来吧，摩格利。它们不过是眼泪罢了。"于是摩格利坐下来，

伤心地号啕大哭。长这么大他还从未哭过呢!

"现在,我要前往人群中了。"他终于止住哭泣,"但我得先去跟我的妈妈告别。"他来到狼妈和狼爸住的洞穴里,靠在狼妈的身上大哭起来,四个狼兄弟在他身边低声哀嚎。

"你们不会忘了我吧?"摩格利问他的狼兄弟们。

"只要我们找得到你的踪迹,我们就绝不会忘了你。"狼兄弟们回答道,"你做了人以后,可以来山脚找我们聊天。到了晚上我们可以去庄稼地找你玩耍!"

"快点回来啊!"狼爸说,"哦,聪明的小青蛙!早点回来啊!你妈妈和我,我们都老了。"

"快点回来啊!"狼妈伤心地说,"我光溜溜的小儿子!听着,人类的孩子,我爱你远胜过爱我自己的孩子。"

"我一定会回来的!"摩格利坚定地说,"等我回来的时候,我一定会把谢尔汗的皮铺在会议岩上。不要忘了我!告诉丛林里的动物们,请永远记住我!"

黎明破晓,天色渐亮,摩格利孤身一人往山下走去,去见那些被称为"人"的神秘生物。

卡阿的狩猎

接下来要讲的故事发生在摩格利被逐出西奥尼狼群并回来向老虎谢尔汗复仇之前。那时巴鲁正教他学习"丛林法则"。这头身形肥大、不苟言笑的老棕熊很高兴能遇到一个如此聪慧的学生。幼狼们只要学习足够应付他们在自己的狼群或部落生活所需的"丛林法则",一旦学会背诵如下狩猎口诀,他们就逃之夭夭:"四脚落地无声息,大眼黑暗看得清;耳聪能辨八方音,牙似尖刀白又利。凡此皆为我族类,除却豺狗塔巴奎,还有鬣狗遭人恨。"可摩格利是个人崽,要学的东西比这多了去。有时,黑豹巴希拉会悠闲地穿过丛林,前来查看他的小可爱学习进展如何。当摩格利向巴鲁背诵当天学习的内容时,巴希拉会把头满足地靠在树上,嘴里

满意地呜呜直叫。爬树、游泳和奔跑，这个小男孩无不身手敏捷。作为向他传授法则的老师，老巴鲁也教给他所有的森林法则和水中法则，譬如：如何区分一根树枝到底是腐朽的还是牢固的；要是在远离地面五十英尺①高的地方不小心碰到一个野蜂窝，该如何礼貌地跟野蜂打招呼；如果中午惊扰到在树枝间休憩的名叫蒙的蝙蝠，该如何道歉；还有，在跳下池塘嬉戏前，要如何警告池塘里的水蛇离自己远点。丛林里的居民都不喜欢被打扰，一旦受到惊扰，他们会随时扑向这个冒失的不速之客。后来，摩格利还学会了如何在不慎闯入陌生领域捕猎时发出呼唤——无论何时，只要一位丛林居民来到自己的领地外捕猎，都得反复地大声呼喊"请允许我在此狩猎，因为我饥肠辘辘"，直至得到回应方能动手。同样地，如果在丛林中听到这个喊声，你可以这么回答："你可以捕猎，可别把猎物当玩物。"

这些都是为了告诉你，摩格利需要用心学习的东西实在太多，而日复一日地不停重复这些相同内容也让他渐渐心生

---

① 1英尺约0.3米。

厌倦。这天，因为学习时心不在焉，摩格利被巴鲁拍了一巴掌，他一气之下逃走了。巴鲁毫不客气对巴希拉说："人崽就是人崽，他得学会所有的'丛林法则'。"

黑豹不以为然地说："可你想想，他才多大呀。他的小脑瓜怎么能装得下你这些长篇大论？"要是依着巴希拉的法子来教摩格利，一定会把小男孩宠坏。

"丛林里有哪只动物会因为幼小而免遭杀害吗？才不会呢。正因为如此，我才要教他这些，我才会在他记不住的时候温柔地教训他。"

"温柔？你懂什么叫温柔吗？你这头凶狠的老熊，"巴希拉不屑地冷哼一声，"你今天都把他的脸打肿了，这叫温柔？哼！"

"就算他被我打得遍体鳞伤，也强过他哪天因为无知遭受伤害，至少我是爱他的。"巴鲁一脸严肃地回答，"我正在教他学习自由行走于丛林的秘诀，让他免受除他自己的狼群外丛林中所有禽蛇走兽的伤害，要是他能记住这些秘诀，我敢说，他待在这丛林里会安然无恙。挨顿小揍就能学会这么有用的秘诀，不是很划算吗？"

"好吧，不过你可得当心，别打死这个小人崽了。他可不是你用来磨利爪子的树干！这些秘诀是怎么说的？要是我，倒不如直接出手，才不用那劳什子秘诀。"巴希拉说着伸出一只脚掌，满意地欣赏起脚掌末端的尖爪。这几根利爪泛着森森蓝光，锋利得好似钢钎。"不过我还是很愿意听他说说这些秘诀。"

"我会叫摩格利过来。他要是愿意，自然会说。来吧，小兄弟！"

"我的脑袋还像住着蜜蜂的大树一样嗡嗡直响呢。"一个阴沉细小的声音从他们头顶传来。摩格利气呼呼地沿着树干滑下来，待他落到地面时又加了一句："我是因为巴希拉才回来的，可不是因为你，胖胖的老巴鲁。"

"不管因为谁，都一样。"巴鲁故意装出一副毫不在乎的样子，可他心里挺难受，"快跟巴希拉说说今天我教你的丛林秘诀。"

"是哪个族民的秘诀呢？"摩格利反问道，因为能有机会炫耀一番而洋洋自得，"丛林里这么多种语言，我全都懂。"

"你这个小家伙懂的可真不少,不过光知道这些还不够。你看吧,巴希拉,这些小崽子们永远都不会感谢自己的老师。还从来没有哪头小狼崽跑回来感谢老巴鲁的教诲。那你就来说说狩猎兽民的秘诀吧,伟大的学者。"

"我们流淌着相同的血脉,你和我。"摩格利模仿老巴鲁的口音说出所有狩猎兽民都会用的秘诀。

"很好,鸟类的秘诀。"

摩格利又用鸟语重复了一次,并在最末加上鸢鹰的尖啸。

"现在是蛇族的。"巴希拉紧接着要求道。

他马上听到一阵逼真得难以挑剔的嘶嘶声。摩格利说完秘诀,开心地鼓掌顿足,为自己的精彩表现喝彩。紧接着,他腾地跳上巴希拉的背,侧身坐下,用脚踝轻轻叩击巴希拉顺滑的皮毛,顺便冲巴鲁做了个难看至极的鬼脸。

"瞧瞧!瞧瞧!这顿打挨得值!"巴鲁语气温柔地说,"总有一天你会记起我说的话。"说完棕熊别过脸去,絮絮叨叨地跟巴希拉说起自己是如何恳请野象哈蒂将他知晓的所有秘诀传授给自己。因为巴鲁不会蛇语的发音,哈蒂又带着摩格利前往池塘向一条水蛇学习蛇类秘诀。现在摩格利在丛林中安全无虞,能从容应对各种意外,因为不管是蛇类、鸟类还是走兽,都不会伤害他。

"现在他谁也不用害怕了。"巴鲁说完骄傲地拍了拍自己毛茸茸的大肚子。

"除了他的狼族之外。"巴希拉小声地咕哝着,随后转头冲摩格利大声嚷道,"小心我的骨头,小兄弟!你干吗老在我背上跳上跳下的呢?"

原来刚才就在他们俩说话的当口,摩格利一直在用力拉扯巴希拉背上的毛,拼命踢蹬个不停,想借此吸引他们的注意。看到这两位都转过头来看着自己,他便扯着嗓子兴奋地大叫道:"我将拥有一个自己的部落,我会成天领着他们在树上奔走。"

"现在闹的又是哪一出呢,你这个满嘴胡话的小家伙?"巴希拉吃惊地问。

"这是真的,他们还要朝老巴鲁扔树枝和泥巴呢,"摩格利还在喋喋不休,"他们已经答应我要这么做了。啊!"

"呼",老巴鲁伸出一双巨大的爪子,从黑豹背上一把

薅住摩格利,猛地将他掼在地上。摩格利仰躺在老巴鲁的两只大爪子之间,他看得出来这头棕熊现在很生气。

"摩格利,"老巴鲁愤怒地吼道,"你刚刚一直在跟班达罗戈说话——那群臭猴子!"

摩格利胆怯地望向巴希拉,想看看黑豹是不是也在生气。他发现巴希拉眼神凛冽,森冷的双眼如同坚硬的玉石,没有一丝暖意。

"你一直跟猴子在一起,那些灰猴可是无法无天,吃起东西来百无禁忌!这真是奇耻大辱啊!"

"巴鲁弄伤了我的头,"摩格利仍然躺在地上,他啜啜嚅嚅地说,"刚才我跑开了,是灰猴们从树上下来安慰我。别的兽民谁也不关心我!"说着他抽了抽鼻子。

"猴子的怜悯!"巴鲁鄙夷地冷哼一声,"简直是妄想让这山溪止流,夏阳送爽!然后呢,人崽?"

"然后,然后他们就给了我坚果和好吃的东西,还抱着我爬上了树顶。他们说我除了没有长尾巴,其他地方和他们简直长得一模一样,有一天我一定会成为他们的头领。"

"他们才没头领呢,"巴希拉不屑地说,"他们撒谎,他们一直都在撒谎。"

"他们很友善，再三恳求我去找他们玩。为什么你们从来都不带我去找猴子玩？他们像我一样双脚直立，也不用硬爪子打我。他们成天玩乐。让我起来！坏巴鲁，让我起来！我还要跟他们一起玩儿。"

"听好了，人崽。"棕熊低沉的声音就像夏夜的闷雷隆隆作响，他强压住怒气说，"我已经教给你所有丛林成员的生存法则——唯有住在树顶的猴民除外。他们是一群无法无天的贱民，没有自己的想法。他们只会躲在高高的树上偷看偷听，偷学他族的言语。他们的行事方式与我们不同。他们没有头领，也不长记性。他们叽叽喳喳，夸夸其谈，假装自己是了不起的族群，将在丛林里干一番大事业。可是树上掉下来一个坚果都能改变他们的想法，让他们哈哈大笑，转头就忘了所有的豪言壮语。我们丛林兽民不跟他们打交道。我们不喝猴民喝过的水；我们不去猴民踏足的地方；我们不在猴民出没的地方捕猎；我们连死也不会跟他们死在同一个地方。迄今为止，你有没有听我谈起过猴民？"

"没有。"摩格利轻声说，然后整个森林陷入一片

沉寂。

"丛林兽民从不谈论猴民,也从不会想起他们。猴民们数量众多,他们邪恶、肮脏、恬不知耻,总希望引起丛林兽民的关注,假如他们还能坚持这个愿望的话。可我们绝不理会他们,即便他们往我们头上扔坚果和垃圾。"

巴鲁话音刚落,雨点般的坚果和小树枝便从他们头顶的树枝间噼里啪啦落下来,他们听到恼羞成怒的猴群在高处的小树枝上咳嗽叫喊,上蹿下跳。

"绝不能接近猴子,丛林兽民绝不能接近猴子。"巴鲁严肃地说,"你得记住。"

"绝不能。"巴希拉接口道,"不过我还是觉得,巴鲁本该早点警告你别靠近他们。"

"我——我?我哪知道他会和这帮脏东西玩?这些猴子!呸!"

又一堆果子和树枝雨点般向他们袭来,巴鲁和巴希拉赶紧拉着摩格利快步跑开。巴鲁刚说的话一点不假。猴民生活在树顶,而树下的走兽们很少往上看,他们的生活毫无交集。但是不管什么时候,只要猴子发现一头病弱或受伤的走

兽，不管是狼、老虎或者熊，他们都会拼命地折磨这头可怜的野兽。他们会随便往兽民身上扔小树枝和坚果，这么做不仅是为了取乐，也是为了引起关注。他们还会嗷嗷乱叫，唱着不知所云的歌，引诱丛林居民爬上树顶与他们搏斗。有时猴子们会因为一点小事而大动干戈，自相残杀，将同伴的尸体遗弃在其他丛林兽民都能看见的地方，然后溜之大吉。他们老想选出一个头领，立下猴群的规矩，可从来都没实现——因为他们不长记性，任何事总是转头就忘。他们只好编了一句所谓的"猴民眼下所思，兽民日后所想"来自我安慰，这个说辞让他们心里头宽慰不少。所有的走兽都无法理解他们，不过话说回来，所有的走兽也从不理睬他们。因为摩格利方才愿意同他们玩耍，这会儿猴群又亲耳听到巴鲁为此大发雷霆，他们才会如此幸灾乐祸。

猴子从来没有任何打算——班达罗戈压根什么也不想做。可这次有只猴子竟想出一个自以为绝妙的点子。他告诉猴群里的其他猴子，摩格利能用小棍扎成遮风挡雨的好东西，要是他能留在猴群，将会是个好帮手。如果能抓住摩格利，就能让摩格利教他们搭建。摩格利是樵夫的孩子，自然也遗传了樵夫的所有天赋。他常常捡起树上掉落的树枝，不假思索地搭出各种各样的小茅屋。树上的猴民们看到这一切，觉得他的手艺棒极了。他们商量着这次一定要选摩格利做头领，让他领导猴群成为丛林中最聪明的族群，让其他兽民都注意到猴群的聪明才智，并为此心生嫉妒。于是他们悄悄跟随巴鲁、巴希拉和摩格利一路穿过丛林。午睡时间到了，摩格利躺在黑豹和棕熊之间，回忆起自己的行为，心里羞愧万分。他下定决心，以后绝不与猴民有任何来往。

可下一秒，他就感觉有无数只坚硬有力的小手抓住了他的胳膊和腿，紧接着树枝噼里啪啦地拍打在他脸上。透过晃动的树枝，摩格利看到树下被惊醒的巴鲁发出低沉的吼叫，而愤怒的巴希拉龇着一口白森森的尖牙，拼命地扒着树干往上跳。猴群发出胜利的欢呼，拽着摩格利往更高的枝头急奔而去。那儿太高了，巴希拉不敢跟上去。于是猴子更加激动地高喊道："他看到我们啦！巴希拉看到我们啦。所有的丛林兽民都羡慕我们，我们有本事，我们还机灵。"接着，猴群开始了他们的树顶之旅，谁也说不清猴子是怎样在他们的"树顶领地"跳跃奔跑的。猴群在树顶有自己的固定路线，所有的道路四通八达，全都在远离地面五十至七十英尺的高空，有些离地甚至高达一百英尺。他们沿着这些道路上山下山，甚至大晚上也能在这些道路上穿行。猴群中两只最强壮的猴子紧紧拽住摩格利的胳膊，带着他在树梢上飞奔，每一步都能跃到二十英尺开外的地方。要不是带着摩格利，他们还能跳得更快，荡得更远，不过男孩的重量拖慢了他们的速度和步伐。

摩格利被弄得晕头转向、恶心想吐，他一次次从高高的树顶瞥见身下的地面，又一次次在高空中升腾起伏。他被拖拽着上升又跌落，一颗心简直快蹦到了嗓子眼。然而不知怎的，他竟不由得享受起这风驰电掣的感觉。两位挟持者架着他蹿上树梢，他感觉到纤细的树枝被他们踩弯了，"咔咔"直响；然后，伴着猴群刺耳的尖叫声和呼喊声，他又立刻被扯着向前方跃去。下一刻，两个挟持者用手脚攀住下一棵树上较低的树枝，突然来一个空中刹车。有时他能看见好几英里开外的莽莽丛林，就好比船行海上时，一个高高站立于桅杆上的人能看清数英里以外的海面。紧接着，树枝和树叶纷纷拍击着他的脸，他们从树枝间急速坠落，几乎要碰到地面。猴群就这样跳跃着、喊叫着,拽着他们的囚徒摩格利,跌跌撞撞地一路向前。

摩格利一度担心自己会被猴子扔到地上。他怒火中烧,不过他心里也很清楚,最好还是放弃挣扎,因为那样更危险。于是他开始思考对策。眼下最重要的是带信给巴鲁和巴希拉,以猴群现在的前进速度,他的朋友们早被远远地抛在后面了。往下看也没用,因为他只看得到树枝。于是他抬头望向天空,终于看见远远的蓝天上,鸢鹰契尔正在盘旋飞翔,寻找丛林中的猎物。天上的契尔也看见飞奔的猴群带着个东西,于是他好奇地冲下了几百码①来一探究竟。此时摩格利刚好又被拽上树顶,于是他用鸟语向契尔呼喊:"我们流淌着相同的血脉,你和我。"听到这喊声,契尔惊得发出一声尖啸。翻滚的枝叶像绿色的波涛瞬间将男孩吞没,但契尔及时飞到下一棵树的上空,看着那小小的棕色脸庞再次出现。"记住我的去向,"摩格利高喊道,"告诉西奥尼狼群的巴鲁,还有会议岩的巴希拉。"

① 1码约为0.9米。

"以谁的名义,我的兄弟?"契尔问道。虽然他对摩格利的故事早有耳闻,可他此前并未见过这个小人崽。

"青蛙摩格利。他们叫我人崽!请记下我的去——向。"

话音刚落,摩格利尖叫了起来,因为他又被抛向高空。契尔点点头,振翅高飞。他越飞越高,最后变成空中的一颗小黑点。他在空中不断盘旋,用那双像望远镜一般看得又远又清晰的眼睛,继续观察猴群奔跑的方向。

"他们决计跑不远,"鸢鹰咯咯笑着,暗自思忖,"他们做事总是半途而废。班达罗戈永远只对新鲜事物感兴趣。这一次,如果我没看走眼,他们可惹了大麻烦。要知道,巴鲁可不好惹,巴希拉也不是光会杀死几头山羊。"

他轻轻地拍打翅膀,收拢脚爪,耐心观察着。

与此同时,伤心的巴鲁和巴希拉暴跳如雷。巴希拉甚至爬到自己从未爬上的树梢,可他沉重的身体压断了纤细的树枝。他从树上滑下来,抓了满爪的树皮。

"你为什么不警告小人崽?"他冲着可怜的巴鲁怒吼。巴鲁正笨拙地扭动肥胖的身子,拼命地往前跑,企图赶上猴群。"你都不提醒他,光是把他打个半死又有什么用呢?"

"快点！哦，快点！我们——我们也许还能追得上。"巴鲁气喘吁吁地说。

"照你这个速度，连头受伤的母牛都追不上。教法则的老师，打人崽的老熊，你再这么连滚带爬地跑上一英里，全身都要散架了。坐下来好好想想，想个好主意。这会儿可不能急着去追猴子。要是我们跟得太紧，他们也许会把他丢下。"

"哎呀呀！哇！说不定他们不耐烦带着他，已经把他丢下了。谁能相信猴子呢？他们把死蝙蝠扔在我头上，把坏骨头丢给我吃，把我推到野蜂的蜂巢前，害得我差点被蜇死。他们还把我和鬣狗埋在一起。我真是世界上最可怜的熊！哎呀呀！哇！摩格利，为什么我没有提醒你远离猴子，还把你的头打破了呢？说不定我已经把他白天学的那些内容从他的脑子里打飞了！他现在可能孤零零待在丛林里，连丛林秘诀都给忘了。"

巴鲁用爪子紧紧捂住耳朵，扭动身子，痛苦地哀嚎。

"至少之前他跟我说的全都对了。"巴希拉不耐烦地说，"行了，巴鲁，你不光没记性，还没尊严。要是我黑豹巴希拉就像豪猪撒希一样，只会蜷着身子嗷嗷乱叫，你觉得丛林兽民会怎么想？"

"管他们怎么想呢！说不定摩格利现在已经死了。"

"除非猴子为了好玩把他从树上丢下去，或是闲得无聊把他杀了，否则我才不会担心那个小人崽呢！他那么聪明，又学了那么多本事，更何况他还有一双令所有兽民惧怕的眼睛呢！可他现在落入班达罗戈手中（这也是最糟糕的），这些猴子住在树上，对我们丛林兽民毫不畏惧。"巴希拉舔着一只前爪，若有所思地说。

"我真蠢啊！我真是头又肥又蠢、只会挖树根的老棕熊！"巴鲁突然大叫起来，猛地伸直身子，"野象哈蒂说得没错，'一物克一物'。猴子的克星就是大蟒蛇卡阿。他能像猴子一样爬高，夜里还能上树去偷小猴崽。一听到卡阿的名字，猴子就吓得不敢动弹。我们去找卡阿帮忙吧！"

"他会怎么帮我们呢？他和我们并非一个族群。他也没有脚，还有一双顶邪恶的眼睛。"巴希拉满腹疑惑地问。

"他年纪大了，而且够狡猾，最重要的是他总是很饿。"巴鲁信心满满地说，"我们可以跟他承诺，送他很多

头山羊。"

"他每次一吃饱就要睡上整整一个月，兴许现在他正在睡觉呢！就算他醒了，要是他宁愿自己去抓山羊呢？"巴希拉对卡阿知之甚少，心中自然有些疑虑。

"要真是那样的话，我们两个老猎手就联手让他看看，为什么要帮我们。"巴鲁用他那微微泛白的棕色肩膀蹭了蹭黑豹的身子，然后他们便一起出发去寻找蟒蛇卡阿。

卡阿正伸长身子在岩壁边晒太阳，欣赏着自己刚换上的漂亮外衣。

过去这十来天，他因为蜕皮躲起来了。现在蜕完皮的他看上去真是光彩夺目。他一会儿把大脑袋挨着地面，向前猛冲，因为他的嗅觉不太灵敏；一会儿又把他三十英尺长的身子盘旋起来，打成各种奇形怪状的结，伸长信子等着送上门来的晚餐。

巴鲁一看见蟒蛇那新换上的布满棕黄色斑点的漂亮外衣，立马如释重负地咕哝了一声："他还没吃饭。小心点，巴希拉。他刚蜕完皮，眼神不太好，而且容易反应过度。"

卡阿不是一条毒蛇——事实上他相当看不上那些毒

蛇——他觉得毒蛇们都是胆小鬼。他的撒手锏是用身子将猎物紧紧缚住。一旦被他粗大的身子缠住，那可就死定了。

"祝你打猎顺利。"巴鲁立起身子，冲着蟒蛇大喊。跟别的所有蟒蛇一样，卡阿的耳朵也很不好使。一开始他并没有听见巴鲁的呼喊。他压低脑袋，盘起身子，准备应对突然的袭击。

"祝我们大家都打猎顺利！"看清面前的两位后，他回答道，"哦，巴鲁，什么风把你吹来了？也祝你打猎顺利，巴希拉。我们中至少有一位得要进食了。接下来的捕猎，你们有什么消息吗？现在咱们要抓的是一头母鹿，还是一只小公鹿呢？我的肚子已经饿得像口枯井一样空空荡荡了。"

"我们正在打猎。"巴鲁故意装得漫不经心。他知道不能对卡阿逼得太紧，卡阿的大个头着实令他忌惮。

"请允许我跟你们一起吧，"卡阿说，"一击不中对你们二位来说算不上大事，可我呢，我就得等在森林的小路上，等了又等；要么就得花半个晚上爬上树去碰运气，看能不能逮住一只小猴崽。现在的树枝跟我年轻时太不一样了，净是些枯枝朽木。"

"也许是跟你的体重有关系吧。"巴鲁说。

"我的身长相当好——相当好。"卡阿颇为自豪地说,"要怪就得怪这些新长出来的小树枝。上回我差点儿就逮到猎物了,真的只差一点点,可我的尾巴在树上没缠紧,移动时惊醒了班达罗戈。他们溜走了,还尽给我取一些恶毒透顶的外号。"

"没脚的东西,黄色的蚯蚓。"巴希拉低低的声音从他的胡子下传出来,看上去好像在努力地回忆什么。

"嗞嗞!他们真是这么叫我的吗?"卡阿生气地问。

"上次他们就在我们面前骂过这些话,不过我们才不搭理他们呢。他们实在是口无遮拦,说什么你的牙齿都掉光了,只敢去抓小崽子,因为(他们真是无耻至极,这群班达罗戈)——因为你害怕公山羊的角!"巴希拉继续柔声说。

一条蛇,尤其是一条像卡阿这样老练谨慎的巨蟒,很少会轻易流露出愤怒。可这会儿巴鲁和巴希拉分明都看得清楚,卡阿喉间两侧巨大的吞咽肌已经鼓荡了起来。

"猴子已经转移了他们的住所。"卡阿的声音倒是风平浪静,"今天我晒太阳的时候,听到他们在树顶上大声嚷嚷。"

"他们——他们是我们正在追踪的那群班达罗戈。"巴鲁低声说,这几个字像是哽在他的喉头吐不出来。在他的印象中,这应该是头一回有兽民承认自己对猴群的行为感兴趣。

"毫无疑问,能让两位如此厉害的猎手一路追踪猴子到此,想必不是件小事。我敢肯定,你们俩在自己的地盘上可都了不得。"卡阿礼貌地说,他也好奇极了。

"哪里,我不过是教西奥尼狼崽们学习法则的一头老熊,有时还犯糊涂,而这位巴希拉……"

"就是巴希拉……"黑豹毫不客气地纠正道,咔的一声合上嘴,他才不相信故作谦虚这种事呢。"事情是这样的,卡阿。我们遇上麻烦了。这帮专偷坚果、乱摘棕榈叶的臭猴子把我们的人崽劫走了,你或许也听说过他。"

"我从豪猪撒希那儿听过一些(话说撒希的尖刺真是让他有恃无恐啊),他说什么有个来自人类的家伙加入了狼群,可我并不相信。撒希的故事全都是道听途说,而且被他讲得丢三落四。"

"但这事千真万确。上哪儿都找不到这样的小人崽。"巴鲁激动地说,"他是最棒的、最聪明的、最勇敢的人崽——也是我老巴鲁亲自教导的学生,他将会让我这个老师在丛林里声名远扬。而且,我——我们——都爱他,卡阿。"

"嘶!嘶!"卡阿来回晃动着脑袋,"我也听说过爱的故事。我这里有好多这样的故事可以说呢……"

"那就下次找个清朗的夜晚,让我们吃饱喝足,敞开了聊!"巴希拉打断卡阿,飞快地说,"可现在我们的人崽落入了班达罗戈手中。我们知道,在所有的兽民中,他们独独害怕你!"

"他们独独怕我。这么说的确很有道理!"卡阿毫不客气地说,"唠唠叨叨,愚蠢透顶,徒劳无功——猴子就是这么唠唠叨叨,愚蠢透顶,徒劳无功。但是一个人落到他们手上可真是不走运啊。他们玩腻了自己采的坚果,就直接丢掉;他们兴冲冲地扛着一根树枝走半天,想用它干些大事情,最后却随手折断。这个人(东西)真是没什么好羡慕的。他们不是也管我叫什么来着——是叫黄鱼吗?"

"虫子——长虫——蚯蚓，"巴希拉在一旁添油加醋地说，"还有好些别的名字，我现在不好意思说出口。"

"我们必须让他们记住，对自己的主人说话得客气一点！啊，嘶！呸！得让他们长点记性。现在他们带着人崽去哪儿了？"

"只有丛林知道。等到日落时分，我相信会有答案。"巴鲁回答道，"我们还以为你知道呢，卡阿。"

"怎么可能？要是他们闯到我跟前，我会缠住他们。但是我绝不会追着班达罗戈乱跑，我也不抓青蛙——为了这些东西钻水坑，会让我沾上一身的绿浮萍。嘶嘶！"

"上面，往上！上面，往上！嗨哦！咦哦！咦哦！往上看，西奥尼狼群的巴鲁。"

巴鲁抬起头，想看看这喊声是从哪儿传来的。他看到鸢鹰契尔正从空中俯冲下来，夕阳照耀着他翻上去的翼缘，反射出美丽灿烂的光泽。现在已是契尔回巢的时间，可他一直绕着丛林上空来回盘旋，寻找棕熊巴鲁的踪迹。茂密的丛林遮住了他的视线，直到这会儿他才找到他们俩。

"怎么了？"巴鲁吃惊地问。

"方才我看到摩格利和猴群在一起,他吩咐我向你们转告他的行踪。我一直盯着呢。班达罗戈拖着他越过大河,去了猴城,就是冷穴那儿。他们可能会在那儿待一个晚上,也可能待上十天,也许只是停留片刻。我已经让蝙蝠们在夜里监视他们。我的信传到了。底下的三位,祝你们打猎顺利!"

"祝你胃口好,睡得香,契尔。"巴希拉感激地大喊,"下次我打到猎物时一定会记得你,我会把头单独留下来给你——你是最棒的鸢鹰。"

"小事一桩,不值一提。那个男孩会说丛林密语,我必然要尽力帮他。"说完,契尔再次振翅盘旋而上,飞向他的巢穴。

"他还记得怎么说那句话,"巴鲁轻笑起来,"想想他才这么小,被猴群拉着穿过树林这当口,他竟然还记得鸟语,太棒了!"

"他必定记牢了这句秘诀。"巴希拉接口道,"我为他感到骄傲,不过现在我们必须得动身前往冷穴了。"

他们都知道冷穴的位置,可几乎没有兽民去过那儿。

被他们称为冷穴的地方是一座已废弃多时的古城,一座隐藏在密林深处的失落之城。野兽很少会去人类曾经生活过的城市。公野猪或许会去那儿,不过捕猎的兽族绝不会去。再说,猴群在那儿待的时间比他们在其他地方待的时间长得多,因此除了干旱时期,任何有尊严的动物都不会靠近这座古城。在旱季,古城附近一些半毁的水槽和蓄水池会存下一点水,动物们为了饮水才会过去。

"就算拼命跑,去那儿也得花上我大半夜的时间。"巴希拉对其他两位说。

这让巴鲁忧心忡忡。"我会尽力跑快点。"他焦虑地说。

"我们可绝对不敢等你。在后面跟着吧,巴鲁。我和卡阿得加快脚程。"

"不管有没有脚,我都能和你们这些四脚兽民跑得一样快。"卡阿回答得干脆利落。巴鲁一开始还想拼命跟上他们俩,可很快他就累得坐下来直喘粗气。巴希拉和卡阿只得撇下他继续前进。巴希拉一马当先,冲在最前面。卡阿一声不吭,却也毫不示弱。不管巴希拉跑得多快,卡阿总能追上他。他们跑到一条山涧旁，巴希拉稍胜半筹，因为他一步就跃过了小溪，而卡阿得伸着他的脑袋和两英尺长的脖子从水中游过去。可一旦回到平地，卡阿很快就追上来了。

"以还我自由的破锁之名发誓，"夜幕降临时，巴希拉对卡阿说，"你的速度一点也不慢。"

"因为我现在饿极了。"卡阿答道，"还有，他们管我叫长斑点的青蛙。"

"虫子——蚯蚓，挨踢的黄东西。"

"都一样。我们继续赶路吧。"卡阿几乎把整个身子都贴在地面上。他目光坚定地直视前方，寻找最短的路线，然后沿着这条路飞快地向前游走。

冷穴的猴子早就把摩格利的朋友们抛诸脑后。他们把小男孩带到遗落之城，心里高兴极了。摩格利之前还从未见过印度的城市。虽然眼前的这座城池已是一片断壁残垣，可看上去依然宏伟壮观，令人惊叹。很久以前，某位国王在一座小山上修建了这座城池。地面上依稀可见石砌的堤道通向不远处的城门。破败不堪的城门上只剩下锈迹斑斑的铰链和最后几块留在铰链上的烂木板。城墙内外古木葱茏，遮天蔽

日，坍塌的城垛一片颓败。从塔楼窗户中伸出的藤蔓沿着墙壁四处攀缘，一簇簇、一丛丛交错垂落下来，将塔楼的外墙遮得严严实实。

一座没有屋顶的宏伟宫殿雄踞于山顶之上，装饰庭院和喷泉的大理石碎裂一地，表面蒙上了红红绿绿的点点污渍。庭院中铺着大片的鹅卵石，国王的象群曾在此居住，可现在，石缝之间丛生的杂草和小树将卵石都顶开了。在这宫殿中，静静矗立着一排又一排没有顶的房屋，把整个城市变成了黑乎乎、空落落的蜂巢。在四条道路交会的广场中央立着一块被风雨侵蚀得面目全非的大石头，那曾是一座神像。街角那些大大小小的凹洞是以前公共水井的遗址。神庙的穹顶残破不堪，四周长满了野生无花果树。猴子将这座城市据为己有，并因此而看不起丛林兽民，因为兽民住在森林里。然而猴子们却从不知晓这座城市究竟是为谁而建，也不懂它究竟有何用途。他们要么就团团围坐在国王的议事大厅中，在身上东摸西抓，到处找跳蚤，要么就模仿人的样子。他们会在没有屋顶的房间里跑进跑出，捡起散落在墙角的一块块灰泥和旧砖，可转眼又忘了把它们藏在哪儿；他们会莫名其妙地大动干戈,厮打在一起,突然之间又一哄而散,在国王花园的门廊里蹿上跳下;他们会摇动花园中的蔷薇树和橘树,看到树上的花朵和果实纷纷掉落,乐得开怀大笑。他们去过宫殿里所有的走廊和黑暗的地道,也进过成百上千间黑乎乎的小屋,但他们永远记不住自己看到的一切。他们无所事事,三五成群地聚在一起,相互吹嘘自己现在的行为与人一般无异。他们在水槽里喝水,把水搅得一团浑浊,然后又为此大打出手。有时这群乌合之众一拥而上,齐声高喊:"班达罗戈英明又伟大,聪明又强壮,温柔又礼貌,丛林兽民全都比不上。"这样的场景会反复上演,直到他们在这里待烦了,又回到树上,并再次期盼引起丛林兽民的关注。

摩格利一直接受"丛林法则"的训练和约束,他对猴群的生活既反感也无法理解。黄昏时分,摩格利被猴群拖进冷穴。长途跋涉后,他本该睡上一觉。可猴群却不肯停歇,他们手拉着手跳起舞,还唱起愚蠢的歌儿。一只猴子对着猴群的其他成员滔滔不绝,说什么抓住摩格利是猴群历史上的一个里程碑,因为摩格利会教他们用小棍和藤条编织遮风挡雨的窝棚。于是摩格利摘了些藤条,开始教猴民编织。猴群一开始还试图模仿，可没一会儿工夫他们就失去兴致，开始叽叽喳喳地尖叫着拉扯同伴的尾巴，蹿上跳下。

"我想吃点东西，"摩格利央求道，"这儿我一点也不熟，给我带点吃的来吧。要么让我自己去打猎吧。"

二三十只猴子活蹦乱跳地跑去给摩格利摘坚果和番木瓜，但路上他们又开始扭打起来，指望他们把剩下的果子带回来实在太难了。摩格利浑身酸痛，又饿又气。他独自走在这座空荡荡的城市里，不时呼喊出陌生猎手的请求，却得不到任何回应。摩格利觉得自己现在的处境真是糟透了。"巴鲁说的关于猴子的一切全都千真万确，"他暗道，"他们没有法则，没有打猎请求，也没有头领——他们光会说些傻里傻气的话，手脚也不干净。要是我死在这里，不管是被饿死还是杀死，都是咎由自取。可我还是得努力回到自己的丛林，哪怕巴鲁会打我，跟着他也强过跟这些蠢猴子一起去追蔷薇花瓣。"

摩格利还没走到城墙边，就被猴群拽了回去。猴群一边不停地抱怨，说他简直是身在福中不知福，一边使劲掐他，逼他向猴群道谢。摩格利咬紧牙关一言不发，却身不由己地被猴子拖拽着来到一个露台上。露台下方是个红砂岩砌成的蓄水池，里面蓄了半池子雨水。露台中央是一座一百多年前专为王妃们修建的白色大理石凉亭，眼下早已破败不堪。圆球形的亭顶塌下来一半，堵住了当年王妃们从宫殿进入凉亭的通道。亭壁由一块块雕刻着精美图案的大理石窗花格板拼砌而成，精美的奶白色浮雕上镶嵌着玛瑙、红玉髓、碧玉和青金石等奇珍异宝。月亮从山后升起，透过镂空的墙壁照耀着地面，投下一片朦胧的黑影，像是用黑色天鹅绒制成的刺绣。

猴子们每二十个分为一队，轮流围住摩格利，喋喋不休地向他吹嘘他们是多么伟大、多么聪明、多么强壮、多么温柔，紧接着又数落他要离开猴群的行为是多么愚蠢。摩格利原本浑身酸痛，又饿又困，可眼前这滑稽的一幕逗得他忍俊不禁，哈哈大笑。"我们是伟大的，我们是自由的。我们了不起。我们是丛林中最了不起的兽民！我们都这么说，那就是千真万确的！"猴群吵吵嚷嚷。"你是我们的新听众，也能把我们的话带给丛林兽民，以后他们就能注意到我们了。我们会把猴群的优秀品质全都告诉你。"摩格利不置可否，于是几百只猴子聚集在露台上，聆听猴群的演说家们为猴群大唱赞歌。要是遇上哪位演说家停下来喘口气，猴群就齐声高喊："句句属实！我们都这么说！"每次猴子们向摩格利提出问题，摩格利只是点点头，眨巴着眼睛回答"没错"。猴子们吵吵嚷嚷，闹得摩格利晕头转向。"豺狗塔巴奎一定咬过这些猴子，"他心中暗道，"现在他们都疯了。没错，这一定是'德瓦尼'，疯病。难道他们从来不睡觉吗？这块云就要飘过来遮住月亮了。要是它够大，能把月亮全都遮住就好了，我就能试着摸黑逃走。可我现在实在太累了。"

此时，在城墙下废弃的水沟里，巴希拉和卡阿这对好朋友也正盯着天上的同一片乌云。他们很清楚一大群猴子聚在一起有多危险，他们可不想冒险。除非以百敌一，否则猴子绝不开打，只不过丛林兽民很少会关注这些行事古怪的猴子。

"我去西墙那儿，"卡阿低声说，"然后从我最喜欢的斜坡那儿迅速滑下去，这样我的胜算大一些。那群猴子不会几百只一起冲到我身后，不过……"

"我知道，"巴希拉说，"要是巴鲁在这儿就好了，可我们还是得尽力而为。等到那块乌云遮住月亮，我会冲到露台上。猴子们好像在那儿围着小男孩开什么会。"

"祝你打猎顺利。"卡阿冷冷地说完，便向西墙溜过去。那儿恰好是损毁最轻的地方，因此大蟒蛇在墙脚耽搁了好一会儿，才找到一条爬上石堆的道路。这时乌云遮住了月亮，摩格利正在思考下一步该怎么办，突然听到露台上传来巴希拉轻轻的脚步声。此时猴群正将摩格利团团围住，里里外外足足围了五六十圈。黑豹悄无声息地冲上斜坡，然后猛地闯进猴群，左冲右突——他明白撕咬只会浪费时间。猴群又惊又怒，怪叫连天。突然巴希拉被他脚下不停翻滚踢打的猴子绊倒了，一只猴子看清倒在地上的豹子，便高喊道："这儿只有他！干掉他！杀！"于是一大群猴子蜂拥而上，围着巴希拉撕咬拉扯，令他无法脱身。趁着豹子忙于应付围攻，五六只猴子抓住摩格利，将他拖上凉亭的高墙，然后把他从亭顶上的破洞处推下去。洞口到地面足足有十五英尺高，要是普通的人类孩子，这一下肯定得摔个半死。但摩格利自小就接受巴鲁的训练，他掉下去后稳稳地落在地上，毫发无伤。

"待在那儿！"猴子们大声嚷嚷着，"等我们干掉你的朋友，然后再来找你玩——如果那些有毒的蛇民还能留你一条活命。"

"我们都是同胞兄弟，你和我！"摩格利立刻用蛇语发出呼喊。他听到周围的废墟里传来沙沙嘶嘶的声音，为了确保安全，他再次喊了一遍。

"既然如此，停止攻击！"黑暗中传来五六条蛇低沉的声音，"站着别动，小兄弟！你也许会踩到我们！"（印度的每一处废墟迟早会变成蛇类的栖身之所，而这座古老的凉亭里就生活着眼镜蛇。）

摩格利尽量保持安静，他一动不动地站在原地，透过镂空的缝隙向外窥视，仔细倾听露台上的动静。他听到叫喊声、尖叫声和打斗声交织在一起，不停地传过来——那边，黑豹与猴群之间激烈的战斗仍在继续。黑豹发出低沉的嘶吼，不停地后退跳跃，扭动身体迎战朝他扑来的一堆堆敌人。生平第一次，巴希拉为了保住自己的生命而战。

"巴鲁一定就在附近，巴希拉一定不是单独来的。"摩格利心想。于是，他大喊道："去水槽那儿，巴希拉。滚到水槽那儿去。滚起来，然后一头扎进去！到水里去！"

巴希拉听到喊声，知道摩格利安然无恙，顿时勇气大增。他拼了命地向水槽冲去，却只能艰难地一寸一寸挪动，间或停下来安静地战斗。这时，离丛林最近的断墙边传来老巴鲁奋勇冲锋的呐喊。虽然竭尽全力，可这头老熊此时才刚赶到。"巴希拉，"他大声疾呼，"我来了。我爬啊！我赶紧爬！啊呜哇！我脚下的石头太滑了！等着我，哦，无耻至极的班达罗戈！"他刚气喘吁吁地爬上平台，却被潮水一般涌来的猴子遮得严严实实，只露出一个脑袋。巴鲁拼命地挺直身子，伸开前爪，一把将围住他的猴子搂个满怀。接着他抡起熊掌，毫不客气地扇打起落入他手中的敌人，速度快得就像全速运转的涡轮。一时之间，"啪啪啪"的击打声不绝于耳。这时，摩格利听到"轰"的一声巨响，紧接着传来水花飞溅的声音，他知道巴希拉已经奋力搏杀冲进了水槽，猴子不可能跟着跳下去，因为他们怕水。黑豹躺在水中大口喘着粗气，只把脑袋露出水面。猴群气得暴跳如雷，他们摩拳擦掌地停在水池的红色石阶上，足足围了三层。只要巴希拉胆敢起身去帮巴鲁，他们就会从四面八方扑上去。这时，巴希拉从水中抬起湿淋淋的下巴，绝望地用蛇语发出呼喊，寻求保护："我们都是同胞兄弟，你和我。"他以为卡阿已经在最后一刻掉头逃跑了。听到黑豹绝望的求救声，就连在平台边缘被猴群闷得半死的老巴鲁也忍不住笑出声来。

卡阿刚翻过西墙，他猛地扭动身体将墙顶上一块压墙石推进了水沟里，这才落了地。他可不想失去任何在地面战斗的优势，于是把身子盘起来又松开，如此循环反复地活动了好几次，确保全身的每一寸骨骼和肌肉都做好了战斗准备。猴群和巴鲁之间的激斗仍在继续，水槽边围着巴希拉的猴群还在高声喊叫。蝙蝠蒙飞来飞去，将这场大战的所有消息传遍丛林的每个角落，就连野象哈蒂都发出了洪亮的吼声。散落于丛林深处的一群群猴子闻讯赶来，他们沿着树顶的道路奔走跳跃，匆匆赶来为冷穴的兄弟助阵。冷穴周围几英里内所有在白天活动的鸟儿也被这激烈的打斗声惊醒。这时候，卡阿径直飞快地游过来，迫不及待地要大开杀戒。一条蟒蛇攻击时的力量，来自于他能用整个身子支撑起头部，然后发起致命的一击。要是你能想得出一个沉着冷静的头脑是如何控制着一根长矛、一把大木槌，或是一个约莫半吨重的大铁锤发起攻击，那你就大致猜得到卡阿发起攻击时的模样。一条四五英尺长的蟒蛇如果直直撞上一个人的胸口，能将他仰面撞倒。你也知道卡阿足足有三十英尺长，可想而知他的威力有多大。他紧闭嘴巴，沉默地向围在巴鲁身边的猴群中心发起了第一击，这一击正中要害。不待他发动第二击，猴群已经惊叫着四散奔逃，嘴里大声嚷嚷着："卡阿！是卡阿！跑啊，快跑！"

一代代猴子早已被长辈们口中所讲的卡阿的故事吓得战战兢兢。夜贼卡阿能贴着树枝滑动，安静得如同滋长的苔藓，悄无声息地将猴群中最强壮的猴子掳走；老卡阿能伪装成一截枯枝或是一个朽木墩，逼真得能骗过最聪明的猴子，直到他们被枯枝突然缠住。丛林中猴子们最怕的就是卡阿，猴子们从来都不知道它的力量到底有多大，没有哪只猴子正面见过他的脸，也没有哪只猴子被他缠住后还能活下来。猴群吓得哆哆嗦嗦，仓皇地逃往院墙和屋顶。巴鲁如释重负地松了一口气。他身上的皮毛比巴希拉的厚得多，但在与猴民的搏斗中，他还是吃了不少苦头。这时，卡阿头一次张开嘴，吐出一声长长的"嘶——"。听到这个声音，远方那些正急着前往冷穴支援的猴民顿时吓得停下脚步，哆哆嗦嗦地待在原地，直压得脚下的树枝噼啪作响，向下弯折。躲到院墙上和空房间里的猴群噤若寒蝉，一片死寂笼罩了整个城市。这时，摩格利听见巴希拉从水槽中爬出来，甩了甩湿漉漉的身子。猴群再次骚动起来。他们跳向更高的院墙，惊恐地紧箍住大石头神像的脖子，或是尖叫着沿着城垛飞奔跳跃。困在凉亭中的摩格利用一只眼睛贴着窗格缝隙看到了这一切。他高兴得手舞足蹈，嘴里发出猫头鹰般的叫声，这是他对猴群的奚落和轻蔑。

"把那个人崽从陷阱里救出来，我无能为力。"巴希拉喘着粗气说，"让我们带人崽走吧。猴子会再次发动攻击！"

"除非我开口，否则他们不敢动。待着别动，嘶……"卡阿发出嘶嘶的声音，于是整个城市又一次陷入沉寂。"刚刚我没办法及时赶到，兄弟。不过，我想我听到了你的呼喊。"这话是卡阿对巴希拉说的。

"我——我可能是在搏斗中喊出声了吧。"巴希拉难为情地说，"巴鲁，你受伤了吗？"

"我不确定,他们差点把我撕成碎片。"巴鲁回答道,他重重地抖了抖一条腿,又抖了抖另一条腿。"哇!我浑身酸痛。卡阿,我想,我们的命都是你救的,我和巴希拉。"

"不值一提。小人崽在哪儿?"

"我在这儿,一个陷阱里。我爬不出去!"摩格利急得大喊起来。破碎的穹顶高高地笼罩在他的头顶上方。

"把他带走,他跳起舞来就像孔雀摩尔。他会踩扁我们的幼蛇。"凉亭里的眼镜蛇们说。

"哈!"卡阿笑了起来,"他去哪儿都有朋友,这个小人崽。退后,人崽。还有你们,有毒的蛇民,请藏好。我会打碎墙壁。"

卡阿仔细检查,最后发现在大理石窗格上有一处褪了色的裂缝,上面隐隐透出一小点光。他用脑袋轻轻地往那儿敲了两三下,估算了一下距离,然后从地上直起一截六英尺长的身子,鼻头朝前,狠狠地向裂缝撞去。他使出全身力气,看准位置狠狠撞了六下。窗格被击得粉碎,化成一片灰尘和满地碎石。这时,摩格利从裂口处开心地蹦出来,飞奔到巴鲁和巴希拉身边,一把搂住他们俩的大脖子。

"你受伤了吗?"巴鲁温柔地拥抱着摩格利,问道。

"我又累又饿,不过我没有受伤。哦,他们对你们下手可真狠,我的兄弟们,你们流血了。"

"他们也没好到哪儿去。"巴希拉舔舔嘴唇,扫了一眼平台上和水槽旁横七竖八躺了一地的猴子尸体。

"没关系,没关系,只要你安全。哦,你是最令我骄傲的小青蛙!"巴鲁呜咽着说。

"这事我们稍后再说。"巴希拉的声音干巴巴的,摩格利一点也不喜欢他这个声音。"这位是卡阿,他帮我们打赢了这场战斗,还救了你一命。摩格利,按我们的习惯,向他致谢。"

摩格利一转身,就看见那条大蟒蛇的脑袋正悬在他头顶上方一英尺的地方摇晃。

"那么,这就是那个小人崽了,"卡阿好奇地说,"他的皮肤很柔软,看上去和猴子长得差不多。小心点,小人崽,下次要是我刚蜕完皮,可别让我在晚上把你错认成猴子了。"

"我们有着相同的血统,你和我。"摩格利谦卑地答道,"今晚你救了我的命。哦,卡阿,以后你要是饿了,我的猎物就是你的猎物。"

"非常感谢,小兄弟。"卡阿的声音波澜不惊,可他的眼睛却闪闪发亮,"那么,这么勇敢的一个猎人将会猎杀什么样的猎物呢?下次你外出捕猎时,我想跟你一起。"

"我什么都杀不死——我还太小了——不过我能把羊群赶到你身边,让你任意处置。要是你饿了,就来找我,看看我说的是不是实话。我在这些方面还有点本事。"摩格利伸出自己的双手,"要是你们三位不小心掉进陷阱,我会报答你、巴希拉还有巴鲁的恩情。祝你们打猎顺利,我的师傅们。"

"说得好!"巴鲁满意地低吼着,摩格利的感谢词真是滴水不漏。

蟒蛇垂下头,轻轻地靠在摩格利的肩膀上,待了大约一分钟。"你不但有一颗勇敢的心,还有一张礼貌的嘴,"他说,"他们将带你穿越丛林,小人崽。现在就和你的朋友们快走吧。快点离开这儿,去睡觉吧。一会儿月亮就要落下去了,接下来要发生的可不是什么该你看见的好事。"

月亮在群山背后渐渐沉下去。那一列列挤在院墙和城垛上直打哆嗦的猴子,就像是摇摇摆摆的穗子,参差不齐。巴鲁走下水槽喝水,巴希拉开始梳理他的皮毛。而卡阿滑到露台中央,猛地合上下巴,发出"嗡"的声音,一下子引来了所有猴子的注意。

"月亮下山了,"他说,"光线够亮吗,看得见吗?"

像是一阵寒风吹过树顶,从高高低低的院墙上传来瑟瑟的哀鸣:"我们看得见,哦,卡阿!"

"很好!现在我要开始跳舞了——饥饿的卡阿之舞。坐着别动,看好了。"卡阿先是左右晃动脑袋,绕了两三个大圈。接着,他摇动自己的身子开始不停地画圈和阿拉伯数字8,随后他柔软的身子缓缓地画出三角形,三角形又慢慢变成四边形和五边形的图案。最后又把身子垒成一摞。

他从不停歇,慢条斯理,他那低沉的歌声也一直在嗡嗡回响。天色越来越暗,最后,卡阿那一圈圈缓慢转动、不断变换形状的身子彻底消失在黑暗中,可他身上的鳞片相互摩擦发出的沙沙声依然清晰可辨。

巴鲁和巴希拉像石头一样僵在原地,喉间发出低低的闷

吼，脖颈上的毛全都竖了起来。看到他们俩这副模样，摩格利心里很纳闷。

"猴民们，"卡阿终于开口了，"没有我的命令，你们胆敢轻举妄动吗？说！"

"没有您的命令，我们不敢轻举妄动。哦，卡阿！"

"很好，全都向我走近一步。"

一队队猴子晃动着身体，绝望地向前迈了一步。巴鲁和巴希拉也跟着僵硬地向前踏出一步。

"再近一点。"卡阿嘶嘶地再次发出命令，于是他们全都再次向前动了动。

摩格利把手搭在巴鲁和巴希拉身上，想带他们离开。这两只大野兽猛地打了个激灵，像是刚从梦中惊醒。

"把你的手一直放在我的肩上。"巴希拉轻声说，"把手放在这儿，否则我一定会往回走——回到卡阿身边的。啊！"

"这不过是老卡阿在尘土中画圈圈罢了，"摩格利不以为意地说，"我们走吧。"于是他们仨顺着城墙上的一条裂缝，溜进了丛林。

"哇呼！"巴鲁再次站在静静的树林里，不由呼了口气，说，"我再也不想和卡阿结盟了。"他瑟瑟发抖。

"他比我们都懂得多，"巴希拉战栗着说，"只要一小会儿，要是我还待在那儿，我一定会一直走进他嘴里，然后被他吃掉。"

"月亮再次升起之前，会有许多猴子走上那条路。"巴鲁说，"他的捕猎会很顺利——以他自己的方式。"

"这一切到底是怎么回事？"摩格利好奇地问，他对蟒蛇的魔力一无所知，"在我看来，这不过是一条大蛇不停地用身子画着可笑的圆圈，直到天色变暗。更可笑的是，他鼻子上全是瘀伤。嗬！嗬！"

"摩格利，"巴希拉愤怒地喊道，"他鼻子上的瘀伤全是拜你所赐。还有，我的两只耳朵、身体两侧和爪子，以及巴鲁的脖子和肩膀全被猴子咬伤了，这些都是拜你所赐。我和巴鲁，我们俩有好些天不能开开心心地打猎了。"

"没什么大不了的！"巴鲁赶紧打圆场，"最重要的是我们找回了小人崽。"

"没错！可他浪费了我们大把的时间，本来这些时间可以用来好好打猎的。而且他还害我们受了伤,掉了毛,我背上差不多一半的毛都被拔掉了。最后,他还让我们名誉大损。记着,摩格利、我、黑豹巴希拉,被迫呼唤卡阿保护我们,而且卡阿的那支舞蹈也让巴鲁和我变得跟小鸟一样呆头呆脑。小人崽,这一切,都是因为你和那群猴子一起玩。"

"没错,你说的都没错!"摩格利伤心地说,"我是个邪恶的小人崽。我心里很难受。"

"哼!'丛林法则'是怎么说的,巴鲁?"

巴鲁不想给摩格利多找麻烦,但他也不能篡改法则,于是他含混不清地说:"悔恨永远代替不了惩罚!不过巴希拉,你也要记得,他还小得很呢!"

"我记得,但他做错了事,现在就得好好接受教训。摩格利,你还有什么要说的吗?"

"没有。我做错了。巴鲁和你都受伤了。我应该接受惩罚。"

巴希拉怜爱地拍了他六下。在豹子看来,这几下的力度甚至没法惊醒一头沉睡的小豹子。但是对于一个七岁大的小男孩来说,这算得上是一顿狠揍,他绝不想再有下一次。豹子打完后,摩格利打了个喷嚏,一言不发地站起身。

"好啦,现在跳到我的背上来,"巴希拉说,"小兄弟,我们要回家了。"

"丛林法则"最妙的一点就在于,接受惩罚以后,所有的事情就翻篇了,谁也不会揪着错误唠唠叨叨。

摩格利把头枕在巴希拉的背上,沉沉睡去,一路睡得香甜。直到巴希拉将他送回狼穴,放在狼妈身边,他也没有醒过来。

恐惧如何降临

河流干涸,池塘枯竭,

我们应成为战友,你和我;

脸庞发烫,满身尘土,

我们挨挨挤挤,沿河而立,

对干旱的恐惧,让我们悄然静默,

忘却了逃跑或捕杀。

在他站立的河堤下,小鹿也许能见到,

瘦骨嶙峋的狼群,如他一般满怀畏惧。

面对曾刺穿他父辈喉咙的尖牙,

高大的公鹿,毫不退缩。

池塘干涸,河流枯竭。

我们应成为玩伴,你和我;

直到远远的天边,乌云解放了禁锢已久的大雨,

打破我们饮水停战的协定。

祝大家捕猎顺利!

"丛林法则"——迄今为止世界上最古老的法则——就是丛林兽民面对任何可能降临的灾难的应对之策。时间的变迁和习俗的嬗变将每条规定都打磨得尽善尽美。如果你已经读过关于摩格利的其他故事,你会记得他与西奥尼狼群一起生活时,花了很多时间向棕熊巴鲁学习法则。当男孩对那些永不改变的规则渐生厌烦时,正是老巴鲁告诉他,法则就像一株巨大的爬山虎,紧紧缠住丛林里的每一位成员,任谁也无法挣脱。"至少有一条法则是整个丛林都要遵守的。当你活到我这个年纪,小兄弟,你会看到整个丛林是如何遵守这条法则的。不过那可绝不是什么值得开心的景象。"巴鲁说。

摩格利把老巴鲁的这番话当成了耳边风。除非大祸临头,像他这样一个光顾着吃饭睡觉的小男孩什么都不会操

心。可是有一年，巴鲁的话应验了，摩格利目睹了整个丛林如何在一条法则下运转。

最开始，只是整个冬天都没怎么下雨。豪猪撒希在一片竹林中遇到摩格利后，他告诉摩格利，野山药正在慢慢枯萎。丛林兽民都知道撒希对食物异常挑剔，他只吃最可口的熟透了的果子。摩格利哈哈大笑，然后反问道："那跟我有什么关系呢？"

"现在关系不大，"撒希说着不安地竖起身上的尖刺，"不过稍后，我们会看到有何影响。小兄弟，你现在还往蜜蜂岩下那个深水潭里跳水吗？"

"不跳了。那些愚蠢的水跑了不少，我可不想把脑袋撞裂。"摩格利答道，他很笃定自己懂的东西比五个丛林兽民懂的加起来还多。

"那是你的损失。一条小裂缝会让你变聪明点。"撒希害怕摩格利来扯他脖子上的尖刺，刚说完就飞快地躲开了。摩格利把撒希说的话告诉巴鲁，巴鲁听完后神情严肃。他嘴里咕哝着，半是自言自语，半是对摩格利说："要是我孤身一人，现在我会转移猎场，在其他野兽开始想到之前。可是，在陌生的兽群中捕猎，最后总免不了争斗，他们也可能会伤害我的小人崽。我们只能等着看摩瓦树开花的情况。"

摩瓦树的花很漂亮，白绿相间的花瓣像打了蜡一样光滑。可是这个春天，巴鲁最爱的摩瓦树没有开花。这些美丽的花朵还没来得及盛放就被高温烤干了。巴鲁直起后腿，使劲摇动树干，却只摇落几片发臭的花瓣。难以忍受的酷热一寸一寸侵蚀着丛林深处，将丛林从黄色烤成棕色，最后变成黑色。

原本郁郁葱葱的河谷和山涧两岸，烤焦了的绿色植物就像烂铜丝一样，一层又一层弯弯绕绕地缠住岸边的死物。隐秘的池塘早已干涸见底，最后一次来此饮水的动物在岸边留下的浅浅足迹依然清晰可见，像是被牢牢地烙在了原地。爬山虎汁液丰富的藤茎已彻底枯萎，它们松开了紧紧缠绕的大树，掉落一地。枯干的竹子在滚滚袭来的热风中沙沙作响。就连丛林深处的青石也无法幸免，灼人的热浪烤得石上的苔藓纷纷枯萎脱落，石头也被烤得苍白滚烫，简直跟干枯溪床上快被烤爆的青色巨岩一个模样。

那年一早，鸟类和猴民就迁去了北方，他们知道接下来将发生什么。鹿群和野猪闯入遥远的庄稼地里找食物，不时死在村民手中，不过后来人类也虚弱得没法对付这些偷食者了。鸢鹰契尔没有走，反而越来越肥壮，因为他的食物很充裕。每晚他都会为那些虚弱得无法转移猎场的兽民带来一些新消息。他告诉兽民们，在他三天飞行里程内的一大片丛林都快被太阳烤干了。

摩格利长这么大还没尝过饥饿的滋味，可现在他也只能靠着陈年蜂蜜过活了。这些老蜂蜜都是他从岩壁上废弃的蜂巢中一点点抠出来的，颜色深得跟黑刺李一样，上面沾满灰尘和干糖霜。他也会挖开树皮，找出深藏在树干中的幼虫，或是偷走胡蜂新产的卵打牙祭。丛林里的所有猎物都饿得只剩下皮包骨头，巴希拉一个晚上要打上好几次猎，可还是吃不到一顿饱饭。不过，丛林兽民最为迫切的需求是水源，虽然他们很少喝水，但每一次都得喝够。

高温持续不退，空气中所有的湿润都被一丝一丝吸干。最后韦恩根格河的干流成了平原上唯一的水源，涓涓流淌在了无生机的河岸之间。当活了一百多岁的野象哈蒂看到河流正中央露出一条狭长的浅蓝色石脊时，他知道，和平石出现了。于是他扬起长鼻子，大声宣布"饮水停战协定"开始生效。五十年前他曾目睹自己的父亲用同样的方式宣布了该协定生效。鹿群、野猪和水牛纷纷发出沙哑的嚎叫，鸢鹰契尔远远地盘旋在辽阔的天空中，尖声啸叫着发出警告。

根据"丛林法则"，一旦"饮水停战协定"生效，在饮水的地方进行捕猎的动物将被处死。这是因为饮水是比果腹更迫切的需求。如果仅仅因为猎物不够，走兽们还能潜伏在丛林各处等候。可是饮水不一样，特别是只剩一处水源时，在丛林兽民前去饮水时，所有的猎杀都要停止。遇上好年景，即使水源充足，动物们走下韦恩根格河饮水——或是为此前往其他水源地——也要冒着生命危险，夜间的所有行动也因此而变得充满魔力：动物们小心翼翼地向下移动，绝不甩起一片树叶；蹚入及膝深的激流，轰鸣的水流声盖过了背后的响动；边喝水边扭头张望，绷紧身上的每一块肌肉，只要听到一点动静便会奋不顾身地跳起逃离。而对于所有长着华丽鹿角的年轻公鹿来说，昂首挺胸地在铺满细沙的岸边来回踱步，在河水中浸湿口鼻后开怀畅饮，顺便向满怀崇敬的鹿群成员致意，这是令他们冒着性命之虞却依然甘之如饴的

行为。之所以有如此行为，正是因为他们深知巴希拉或谢尔汗随时都可能跳到自己背上，逼迫他们投降。不过现在这个以生命为赌注的乐事结束了。饥肠辘辘、疲惫不堪的丛林兽民一股脑地拥进干涸的河水中——老虎、熊、鹿群、水牛、野猪，全都挤在一起。他们喝着浑浊的河水，疲倦不堪地在原地盘桓。

鹿群和野猪整日里东奔西走，一心寻找比枯树皮和干树叶更好吃的食物。水牛既找不到可以纳凉的水沟，也找不到可以偷吃的绿色庄稼。蛇离开丛林来到河中，希望抓住一只迷路的青蛙充饥，他们盘绕在湿漉漉的石头下，静静等待，即使在石下拱食的野猪不小心用鼻子惊扰到他们，他们也绝不反击。河龟早就被巴希拉捕杀殆尽，他可是丛林中最聪明的猎手之一；鱼儿把自己深埋进龟裂的河泥，以求躲过一劫。只有长长的和平石，如蛇一般横跨于浅流之上。溪水中泛起的小小涟漪一碰到热辣辣的岩壁，立马"咝咝"作响，瞬间便消失不见。

摩格利每晚都会来这儿，一边纳凉一边与朋友聊天。即使是最饥饿的敌人，此时也会对小男孩视若无睹。与周围的动物相比，摩格利光溜溜的皮肤让他显得更加瘦削可怜。因为烈日的炙烤，他的头发已经变成两种颜色。他瘦骨嶙峋，一根根凸出的肋骨就像篮子的棱儿一样突兀。四肢着地的行走习惯让他的膝盖和手肘上磨出好些硬块，现在这些硬块让他枯瘦的四肢看上去像是打结的草茎。不过他乱糟糟的额发下露出的那双眼睛却格外平静镇定。在这个困难时期，巴希拉是他的军师。他告诫小男孩，行动时要悄无声息，捕猎时得动作缓慢，任何时候都绝不能乱发脾气。

一个格外闷热的晚上，黑豹问摩格利："这段时间很糟糕，可我们要是能坚持到最后，再糟的时期也终会结束。你吃饱了吗，小人崽？"

"我吃了点东西，不过全都不好吃。巴希拉，你觉得雨水是不是已经把我们忘了，再也不会降临了？"

"我不这么认为。也许我们会看见摩瓦花盛开，小鹿们吃了新鲜的青草，长得肥肥壮壮。我们下去和平石吧，听听有啥消息。到我背上来，小兄弟。"

"现在可不是你背我、我背你的时候，我还能站得起来。不过，说实话咱俩都不是小肥牛，咱们俩一样瘦。"

巴希拉扫了一眼摩格利干瘪瘪、灰扑扑的身体，低声说："昨天晚上我钻进牛轭下杀了一头小公牛。我趴得非常低，低得我甚至想，要是被他逃走了，我也绝不敢跳起来扑上去。哦！"

摩格利开心地笑了。"没错，我们现在都是了不起的猎人，"他说，"我很大胆——我敢吃蛆。"他们说着话，一起走过岸边嘎吱作响的灌木丛，走下河中央的浅滩。浅浅的河水流过浅滩，流向四面八方，像是为浅滩镶上了一道道蕾丝花边。

"这河水也撑不久了！"巴鲁感叹道，加入了他们俩的队列，"你们看对面！在那儿，兽民踩过的地方快变成人类的道路了。"

远处河岸的平原上，坚硬的丛林草早已枯萎，却依然直直地挺立于岸边。鹿群和野猪在这些十英尺长的草丛中踩踏出一条条通向河边的小路，像是在这片晦暗无光的大地上划下了一道道伤痕。平原上的一条条溪涧早已干涸见底，遍地尘土。虽然时间尚早，可是每条长长的大道上都挤满了涌向河边饮水的急先锋。一路上尘烟飞扬，母鹿和小鹿们咳个不停。

缓慢的河水在上游和平石附近积起一湾小水潭，水潭的拐弯处立着野象哈蒂和他的儿子们。月光下的哈蒂显得憔悴苍白，他来回摇摆着身体，晃个不停。从他站立的位置向下走一点是鹿群的先遣部队，再往下是野猪和野水牛的地盘。河对岸是一片高高的树林，一直绵延到河滨，这儿是专供老虎、狼群、黑豹、熊和其他食肉兽们饮水的位置。

"确实，我们都接受同一条法则的约束。"巴希拉走入河水中，眼睛扫过对面推来挤去的鹿群和野猪，所及之处只见一排排相互撞击的鹿角和一双双瞪圆的大眼睛。"祝你们打猎顺利，我所有的同胞兄弟们。"说完他舒展身子躺入水中，将一侧身体露出水面。紧接着，他又从牙缝中挤出一句话："不过要真按照法则规定，应该是打猎'非常'顺利才对。"

对面听觉敏锐的鹿群听到了最后这句话，顿时爆发出一阵惊恐的窃窃私语："停战协定！记住停战协定！"

"安静，那边安静！"大象哈蒂的声音不怒自威，"现在是休战期，巴希拉，可不是该说捕猎的时候。"

"有谁能比我更清楚这一点呢？"巴希拉转动金黄色的眼珠向上游望去，大大咧咧地说，"我现在可是只会吃龟的猎豹，捕青蛙的渔夫。啊呀呀！要是光嚼树枝，我还能变得更健康呢。"

"我们希望如此，非常希望。"一头小鹿低声抱怨道。这个春天他才出生，不过他一点儿也不喜欢这个季节。虽然丛林兽民个个都愁眉苦脸，可一听这话却忍不住哄堂大笑起来，就连严肃的哈蒂也不由得笑出了声。摩格利支起胳膊躺在温暖的水中，也跟着放声大笑，开心地用脚拍打水中的泡沫。

"说话礼貌点，小家伙，"巴希拉温柔地说，"等到停战协定结束的时候，你可得记着这一点，这是为你好。"透过茫茫夜色，他目光锐利地仔细打量对面的小鹿，确保自己下次还能认出这个胆大包天的小家伙。

从和平石的上下游逐渐传来动物们交谈的声音。野猪哼着鼻子挤来挤去，让旁边的同伴腾出点地方。牛群嘟嘟囔囔地缓步走过沙洲。鹿群正在讲述他们长途跋涉寻找食物的悲惨经历。他们不时也向对岸的肉食者们抛去一个问题，可从大家嘴里说出的净是些坏消息。一阵阵滚烫的热风从林中呼啸而来，穿过沙沙作响的树枝和岩石，卷起无数的细枝和灰尘，洒向水面。

"人类也好不到哪去，他们死在自己的耕地旁，"一头年轻的黑鹿说，"从太阳下山到晚上这段时间我已经见到三个了，他们全都一动不动地躺着，身边躺着他们的小公牛。我们也该静静地躺上一小会儿。"

"昨晚开始，水面已经下降了。"巴鲁担忧地说，"哦，哈蒂，你之前有没有见过这样的旱灾？"

"会过去的，会过去的。"哈蒂边说边往自己的背上和身子两侧喷水降温。

"我们这儿有个小家伙已经撑不久了。"巴鲁说着看向自己宠爱的小男孩。

"我？"摩格利愤怒地反问道，一下子从水中坐了起来，"我只是没有长毛盖住骨头，不过——不过要是扒掉你的皮，巴鲁——"

听到这个邪恶的想法，哈蒂全身发抖。

巴鲁严肃地说："人崽，这么说一位教法则的老师可不合适。从来没有动物见过我没皮的样子。"

"不,我这么说并无恶意。不过要是扒了皮的话,有你看上去就像一个去了壳的椰子,而我也是一个光溜溜的椰子。现在你那身棕色的皮——"摩格利盘腿而坐,像往常一样,含着食指正想解释,巴希拉怒气冲冲地伸出一只爪子,一把将他摁进水里。

"越描越黑!"男孩挣扎着想从水里站起来,黑豹严肃地说,"先是巴鲁要被扒皮,现在他成了个椰子。小心,他要是对你做什么,那可不是一个熟了的椰子能做得到的。"

"那是什么呢?"摩格利好奇地问,猛地挣脱了他的爪子,这可是丛林中最厉害的捕猎武器之一。

"打破你的头!"巴希拉平静地说,又一把将他按了下去。

"拿你的老师瞎开玩笑可不好。"棕熊严肃地说。这会儿摩格利已经是第三次被摁下去了。

"不妙!你又能怎么办呢?那个光溜溜的小东西跑来跑去,像只猴子一样肆无忌惮地拿那些曾经无比英勇的猎手开玩笑,还扯住我们当中顶有本事的那位的胡子作乐。"说这话的是瘸腿老虎谢尔汗，他正一瘸一拐地走入水中。对岸的鹿群被他的出现惊得一阵骚动，他稍停片刻，颇为得意地欣赏着对面的混乱，然后低下自己满是皱褶的方脑袋开始舔水喝，嘴里低吼着："丛林现在成了小崽子们到处乱跑的游乐场了。看着我，人崽！"

摩格利摆出一副自以为凶恶的表情，恶狠狠地看着老虎，说是看倒不如说是瞪。这目光让谢尔汗老不自在，不到一分钟他就别过头去。"人崽这，人崽那，"他不满地抱怨道，继续低下头饮水，"这个小崽子既不是人，也不是娃娃，否则他应该感到害怕。等他再大点，是不是连我喝个水都得经过他同意才行，哈！"

"那一天会来的，"巴希拉目光坚定地看着他，"那一天会来的，呸……谢尔汗，你又干了什么好事儿？"

瘸腿老虎将他整个下颌都浸在水中，下游的水面顿时泛起一条条深色的油印。

"人！"谢尔汗冷酷地说，"一个小时前我杀了一个人。"他继续喝水，喉间不停地咕噜咕噜发出满足的低吼。

他身边的野兽们纷纷吓得左右闪避，大家先是窃窃私

语，最后禁不住大声嚷嚷起来，"人！人！他杀了人！"所有的动物都看向野象哈蒂，但他充耳不闻。时机未到，哈蒂不会轻易出手。这也是他能活这么久的原因之一。

"在这种时节去杀人！难道没有其他的猎物了吗？"巴希拉轻蔑地说着，腾地从被污染的水中站起来，习惯性地像猫一样轻轻甩了甩四只爪子。

"我杀人是因为我有杀人的权利——不是为了填饱肚子。"听完这话，惊恐的动物们又开始窃窃私语。哈蒂睁着白色的小眼睛定定地望着谢尔汗所在的方向。"因为我有权选择这么做。"谢尔汗慢吞吞地说，"现在我来这儿喝水、洗身子，有谁不允许我这么做吗？"

巴希拉拱起身子，背弯得就像劲风下的竹子。这时哈蒂扬起他的长鼻子，心平气和地开口了。

"你杀戮是因为你有权选择这么做？"他问道。谁都知道，要是哈蒂向你提问，最好老老实实地回答。

"确实如此。这是我的权利，今夜也属于我。你知道的，哦，哈蒂。"谢尔汗说这话时真是彬彬有礼。

"是的，我知道。"哈蒂语气平静地回答。稍停片刻，他问道:"你现在喝饱了吗?"

"今晚的话,我喝饱了。"

"那么,走吧。河水是用来喝的,不容许玷污。眼下人类和丛林兽民都在遭受苦难,彼此没有区别,就算是瘸腿的老虎,也不能在这个时候吹嘘他的权利。不管洗没洗干净,滚回你的窝里去吧,谢尔汗!"

哈蒂的最后几个字掷地有声,如鼓号齐鸣,震耳欲聋。他的三个儿子也跟着向前踏出半步,不过这个行为纯属多此一举。谢尔汗闻言,一声不吭地偷偷溜走了。他心里很清楚,大家也都心知肚明,说到底,哈蒂才是整个丛林的主人。

"谢尔汗说的这个权利是什么?"摩格利悄悄地附在巴希拉耳边问道,"杀人总是可耻的。法则是这么说的。而且哈蒂也说——"

"你去哈蒂他吧。我不知道,小兄弟。要是哈蒂不出声,不管有没有权利,我都会好好教训那个瘸腿的屠夫一顿。刚杀完人就来和平石,还大肆吹嘘,这是豺狗的行径。再说了,他把干净的水都弄脏了。"

没人敢直接向哈蒂发问,所以摩格利等了一分钟,才鼓起勇气大喊道:"谢尔汗的权利是什么,哦,哈蒂?"河两岸的兽民纷纷随声附和。在场的所有丛林兽民都十分好奇,似乎谁都无法理解眼前刚发生的一幕。只有巴鲁看上去若有所思。

"这是个古老的传说,"哈蒂缓缓道,"一个比丛林还老的传说。岸边的兽民们,请保持安静,我会讲述那个传说。"

野猪和水牛们相互推搡了一小会儿,然后兽群的首领纷纷喊将起来:"我们等着。"哈蒂大步向前,直至水深及膝。他现在瘦得全身发皱,象牙也变黄了,但他看上去依然端庄威严,维持着丛林兽民们心中该有的主人气派。

"你们知道,孩子们,"他开口道,"世间万物,你们最惧怕人类。"周围的兽民纷纷低声称是。

"这个故事触动了你吗,小兄弟?"巴希拉对摩格利说。

"我?我属于狼群——自由之民中的一位猎人。"摩格利大大咧咧地说,"我跟人类有什么关系呢?"

"你们也不知道为何自己会惧怕人类，对吗？"哈蒂继续说，"这就是原因。丛林起源之时，谁都不知道那是什么时候，我们这些丛林兽民走到了一起，谁也不怕谁。那时没有干旱，同一棵树上长着树叶、花朵和果实。我们只吃树叶、花朵、小草、果实和树皮。"

"真高兴我没生在那样的日子，"巴希拉咕哝着，"树皮只适合磨爪子。"

"丛林之主名叫塔，象群的祖先。他用自己的象鼻吸掉了淹没丛林的深水；他用长牙在地上犁出无数条沟壑，让河水朝那里流动；他脚踩过的地方变成了池塘，里面盛满洁净的水；他抬起鼻子一撞，大树纷纷倒下。他用这种方式创造了丛林，这个故事就这么一代代传下来，一直传到了我这儿。"

"传来传去，这个故事可一点都没变简洁。"巴希拉轻声道。摩格利用手捂着脸偷偷地笑起来。

"那时候，没有玉米、柠檬、辣椒或者甜甘蔗，也没有任何你们现在见到的小茅屋。丛林兽民对人类一无所知，大家一起生活在丛林中，我们就是一个种族。可没过多久，兽民们就开始因为食物起了争端，哪怕牧草足够大家吃饱。懒惰的兽民个个都只想躺着吃，现在春天雨水多的时候，我们时不时也会这么做。象群的祖先——塔，忙着创造新的丛林，引领河水在河道中奔流。他没时间四处巡视，所以便造出老虎的祖先来担任丛林的大王和法官，丛林兽民可以找他解决纠纷。那时老虎的祖先跟其他兽民一样，只吃果实和野草。他的身子跟我一般大，浑身上下的皮毛都是金黄色的，就像野爬山虎开花的颜色，非常漂亮。他的皮毛上也没有任何条纹或斑块。那些日子真美好，丛林是崭新的。所有的丛林兽民都无所畏惧地来到他面前，他的话对大家来说就是法律。你们记着，我们那时还是一个种族。可是一个晚上，两头鹿发生争执。你知道，不过就像你们现在这样，因为吃草时磕磕碰碰闹出了小矛盾。据说，老虎正躺在花丛中，两只公鹿来到他跟前理论。说话时一头公鹿不小心用自己的角撞了老虎一下，老虎突然被激怒了。他忘了自己是丛林的主人和法官，猛地扑到公鹿身上咬断了他的脖子。

"在此之前，丛林中还从未发生过动物死亡的事件。老虎的祖先看到自己的恶行，被血腥味弄得精神恍惚，逃到了丛林北边的沼泽。失去法官的丛林兽民开始相互争斗。塔听到争斗声赶了回来。正当大家众说纷纭、相互指责时，塔突然发现躺在花丛中的死鹿，便询问是谁杀了这头鹿。丛林兽民没有说出真相，因为他们也由于血腥味变得神志不清，正如今天这味道同样让我们变得笨拙鲁钝。兽民们围成大圈来回奔跑，摇头晃脑地跳跃嚎叫。塔这才下令大树从此要垂下身子，与丛林中蔓延的爬山虎一起在杀害公鹿的凶手身上做出标记，帮助塔找到他。塔又问：'现在谁愿做丛林众民的主人？'一只住在树上的灰猿跳了出来，答道：'我愿做丛林众民的主人。'听到这儿，塔笑了：'那就做吧！'然后他怒气冲冲地离开了。

"孩子们，你们都知道灰猿。他的本性难移。最开始他还勉强扮出一副聪明的模样，可没一会儿就开始东抓西挠，上蹿下跳。当塔再次回到丛林，只见灰猿正倒吊在一根大树枝上，嘲笑那些站在树下的兽民；树下那些兽民又转过头来嘲笑他。从此丛林的规矩乱了——只剩下一些荒诞不经、不知所云的传言。

"于是，塔将大家召集起来，说道：'你们的第一位大王为丛林带来了死亡，第二位则带来了羞耻。现在是时候立下规矩，一个你们不会破坏的规矩。现在你们将认识恐惧，当你们找到他，你们将知道他就是你们的主人，其他的也将紧随而来。'丛林兽民追问道：'恐惧是什么？'塔回答：'去寻找吧，直到找到为止。'于是兽民走遍丛林去寻找恐惧。不久，水牛们——"

"啊！"牛群的头领马萨在牛群待的沙岸上惊恐地叫出声来。

"是的，马萨，正是水牛们。他们带回了这个消息：在丛林的一个洞穴里，坐着恐惧，他全身都不长毛，直着后腿走路。于是丛林兽民跟随牛群走到这个洞穴，只见恐惧坐在洞口。跟水牛说的一样，他全身不长毛，用后腿走路。当他看到兽民，便大喊起来，跟我们现在一样恐惧。兽民吓得四散奔逃，甚至相互踩踏撕扯。那个晚上，故事里是这么说的，丛林兽民没有按照以往的习惯躺在一起。每个部落单独撤退，自然整个部落的兽民待在一起——猪和猪在一起，鹿和鹿在一起；角挨着角，蹄子对着蹄子——大家就这么颤颤巍巍地躺在丛林里。

"只有老虎的祖先没和兽民在一起,他还藏在北边的沼泽地里。兽民在洞里看到那东西的消息传到了他耳边,他说:'我要去会会这个东西,咬断他的脖子。'于是他跑了一整夜,来到了那个洞穴前。一路上的树木和爬山虎还记着塔的命令,在他经过时,他们压低枝条在他身上标下印记。他的背上、身子两侧、前额还有面颊,到处都留下他们的指印。凡是他们碰过的地方,黄色的皮毛上面就会出现一个印记,或者一道条纹。直到今天,这些条纹还留在他的子孙们身上。当他来到洞口,恐惧,那个不长毛的家伙,伸手指着他大喊,'那个夜里来的长条纹的家伙'。老虎的祖先被这个不长毛的家伙吓坏了,于是一路嚎叫着跑回了沼泽。"

听到这儿,摩格利把下巴埋在水里偷笑起来。

"他叫得那么大声,塔也听到了。塔问道:'你因何悲伤?'老虎的祖先抬起脸,望着新造的天空——现在这个天空已经很老了,说道:'把我的威力还给我,哦,塔!我在所有丛林兽民前丢脸了。我从一个不长毛的家伙身边逃走了,他还给我取了一个可耻的名字。'

"'为什么要逃呢?'塔问道。'因为我身上溅满了沼泽的泥点。'老虎的祖先回答道。

"'下水游游,然后在湿草地上滚几下。如果那是泥点,一定会被洗干净的。'塔说道。于是老虎的祖先下水游了几圈,然后在草地上滚啊滚,一直滚到他眼前的一切天旋地转,可是他皮毛上的小黑斑一块也没消失。塔看着他哈哈大笑,于是老虎的祖先问道:'我做了什么才会遭受这一切?'塔说道:'你杀死了那只公鹿,你还让死亡溜进了丛林,紧随死亡而来的是恐惧,所以丛林兽民才会彼此害怕,正如你害怕那个不长毛的家伙一样。'

"老虎不服气地说:'他们绝不会怕我,因为我从一开始就认识他们。'塔说:'去看看吧。'

"于是老虎在丛林里四处奔跑,大声地呼唤鹿、野猪、黑鹿、豪猪和所有的丛林兽民,可是大家都躲得远远的,因为他们都很害怕这个曾担任过丛林法官的家伙。

"然后老虎的祖先回到塔跟前,他的骄傲彻底破碎。他不停地用头撞击地面,拼命地刨动脚下的泥土,说:'记住,我曾是丛林的大王!不要忘记我,哦,塔!让我的孩子们记住,我曾经没有羞耻,也没有恐惧!'塔回答道:'我会这么做的，因为你和我共同见证了丛林的形成。每年有一个夜晚将会是个特别的夜晚——为你和你的孩子们设定的。你们将不会感觉羞耻恐惧，就像你还没杀死公鹿时那样。那晚，如果你见到不长毛的家伙——他的名字叫人——你将不再惧怕他，他反而会害怕你，如同你还是当年的丛林法官和万物之主。那夜如果他感到恐惧，你要对他手下留情，因为你已经尝过恐惧的滋味了。'

"于是老虎的祖先回答道：'我知足了。'可下一次，他在喝水时看到自己身上黑色的条纹，想起不长毛的家伙给他取的绰号，他又变得怒气冲冲。整整一年，他都住在沼泽地里，等待塔兑现诺言。一天晚上，当月亮的豺狗（昏星）高高地闪耀在丛林上空，他意识到属于他的夜晚降临了，于是他来到那个洞穴找那个不长毛的家伙。正如塔承诺的那样，不长毛的家伙五体投地，匍匐在他脚下。可老虎的祖先扑上去，咬断了这家伙的后背。他以为整个丛林里只有这一个东西，而他已经杀死了恐惧。他正在尸体上闻来闻去，突然听到塔从北方的森林一路南下。不久，天空中传来塔的声音，这声音就跟我们现在听到的一样——"

轰隆隆的雷声滚过干枯的伤痕累累的山峰，但他带来的并不是雨，而是在山脊上不停闪耀的闪电。哈蒂继续说道：

"那就是他听到的声音。那声音说：'这就是你的仁慈吗？'老虎舔舔唇，答道：'那又怎样？我已经杀死了恐惧。'塔愤怒地说：'哦，你这个又瞎又蠢的家伙！你已经释放了死亡，他会一路跟踪你，直到你死去。你已经教会人类如何杀戮。'

"老虎的祖先僵硬地站在他杀死的尸体前说：'他就跟死去的公鹿一样。再也没有恐惧了。现在我将再次审判丛林兽民。'

"塔回答道：'丛林兽民绝不会靠近你，绝不会与你碰面，绝不会睡在你身旁，绝不会追随你左右，也绝不会在你洞穴前吃草。只有恐惧会紧随你，趁你不备，给你狠狠一击，等着看你的好戏。他会让你脚下的大地开裂，让爬山虎缠住你的脖子，让树干长得又高又大，高得你无法跳上去，最后他还会取下你的皮毛为他的孩子驱寒。你没有对他手下留情，他也绝不会对你大发慈悲。'

"老虎的祖先非常大胆，因为属于他的夜晚还没过去，于是他说：'塔是信守承诺的。你不会夺走我的夜晚吧？'塔答道：'诚如我所言，这一晚是你的，但你要为此付出代价。你已经教会人类如何杀戮，他学得也不慢。'

"老虎的祖先说：'他在这儿，躺在我脚下，背也断了。让丛林兽民知道我杀死了恐惧吧。'

"塔哈哈大笑，说：'你杀死的只是其中一个。不过你可以自己告诉整个丛林——因为你的夜晚已经结束了。'

"天亮了，从洞口走出另一个不长毛的家伙。他看见躺在小路上的尸体和尸体上的老虎，便拿起一根尖尖的棍子——"

"现在他们扔的东西还能砍伤我们呢。"撒希说着窸窸窣窣地跑下河岸。撒希被贡德人（印度中部的德拉维地族的一部）视为人间至美之物——他们管他叫霍伊古，所以他对贡德人用的邪恶的小斧头略有了解，这些斧头能像蜻蜓一样旋转着飞过林中空地。

"这是根带尖头的棍子，跟他们放在陷坑底的那些东西一样，"哈蒂说道，"他将棍子扔出去，击中了老虎的祖先，棍子深深地插入他的侧腹。然后就如塔所说的那样，老虎的祖先在丛林里吼叫着四处乱跑，最后才拔出那根棍子。整个丛林都知道不长毛的家伙能从很远的地方发起攻击，于是他们比以前更害怕了。所以，结果就是老虎教不长毛的家伙学会了杀戮——你们也都知道，从那以后，他们给我们所有的兽民带来了怎样的伤害——他们使用套索、陷坑、隐蔽的陷阱、会飞的棍子、从白烟中飞出来的刺人苍蝇（哈蒂指的是来福枪），还有能将我们赶进旷野的红花。但是，每年有一个晚上，不长毛的家伙会害怕老虎，正如塔承诺的那样。而老虎也绝不会给他任何理由，让他不再惧怕老虎。老虎在哪儿找到不长毛的家伙，就在哪儿杀了他。老虎始终记得自己的祖先是如何遭受羞辱的。而在其他的日子，恐惧不分日夜地在丛林自由走动。"

"啊！哦！"想到这一切对他们意味着什么，鹿群不由发出声声叹息。

"只有当一个巨大的恐惧压倒了其他所有恐惧，就像现在这样，我们丛林兽民才会如我们现在一般，放下其他的小恐惧，在某个地方相聚。"

"只有一个晚上，人类才会害怕老虎吗？"摩格利问道。

"只有一个晚上。"哈蒂肯定地回答。

"但是我——但是我们——但是所有的丛林兽民都知道谢尔汗一个月会杀两三个人呢。"

"确实如此。那时他会从后面跳出来,袭击时也会扭头朝向另一边,因为他心中充满恐惧。要是人看着他,他就会逃跑。可是到了属于他的夜晚,他会大摇大摆地走进村子,在村民的小屋间走来走去,还把头伸进过道。人类被吓得扑在地上,他就会当场完成自己的杀戮。那个晚上,他只杀一个人。"

"哦!"摩格利在水中翻了个身,喃喃自语,"现在我懂了,为什么谢尔汗会命令我看着他。他可占不到便宜,因为他没办法一直盯着我看,而且——而且我一定不会扑倒在他的脚下。可我不是一个人,我只是一位自由的兽民。"

"嗯!"巴希拉用低沉的声音说道,"老虎知道属于他的夜晚吗?"

"只有昏星在暮霭中明亮可见时,才是属于老虎的夜晚。这个夜晚有时落在干旱的夏季,有时落在潮湿的雨季。但是对于老虎的祖先来说,他原本不该有这个夜晚,我们原本谁也不该了解什么是恐惧。"

鹿群悲伤地叹息，巴希拉噘起嘴，露出一个邪恶的微笑。"人类知道这个——传说吗？"他问道。

"谁都不知道，除了老虎，还有我们大象——塔的后代们。现在池边的你们也听说了，我的故事说完了。"

哈蒂将他的鼻子浸入水中，这表示他不想再说话了。

"但是——但是——但是——"摩格利吞吞吐吐地转向巴鲁，"为什么老虎的祖先不继续吃草、树叶和树呢？他确实咬断了公鹿的脖子，可他当时没吃。是什么让他喜欢上了热腾腾的肉？"

"树木和爬山虎在他身上留下了印记，小兄弟。他成了现在我们看到的这副模样，全身长满条纹。他绝不会再吃它们的果实。还有从那天起，他就把自己的仇恨发泄在鹿群和其他食草者身上。"巴鲁回答道。

"那么你知道这个传说咯。嘿，为什么我从没听说过呢？"

"因为丛林里处处都是这类传说。要是我开了个头，后面就会没完没了。放开我的耳朵，小兄弟。"

丛林法则

为了让诸位对不同种族间千差万别的"丛林法则"略有了解,我翻译了狼群常用的部分法则(巴鲁常常用唱诵法来朗读)。当然还有成百上千条法则,以下不过是一个较为简单的版本。

这是"丛林法则"——如这天空一般古老真实。
遵守法则,你将飞黄腾达;违背法则,你将遭受灭亡。
如爬山虎缠绕树干,法则也将我们牢牢束缚。
狼群的力量来自群狼,狼的力量源自狼群。

日日濯洗全身,畅饮却不长啜;

谨记夜间狩猎，勿忘白日睡眠。

豺狼紧随老虎，
可是孩子，当你胡须长成，
牢记狼是位猎手，
出发为自己捕食。

与丛林之主——老虎、猎豹和熊并驾齐驱；
切勿打扰沉默的哈蒂，
切勿嘲笑洞中的野猪。
当狼群与狼群在丛林中聚首，
切莫走错队伍。
躺下静待头领们开口，好话个个爱听。

若与同胞决斗，远远避开众狼。
以免群狼互殴，引得狼群衰亡。

狼穴是狼的庇护之所，这是他的屋舍。

无论头狼还是长老,谁都不得踏入。

狼穴是狼的庇护之所,若其太过暴露,
长老将捎去口信,需要另觅良处。

若在午夜前捕猎,请保持安静,
勿让长嗥惊醒丛林。
若是鹿群受惊奔逃,
弟兄将空手而归。
捕猎可为自己、伴侣、后代,
如有需要,尽管捕猎,
不过勿为取乐而捕猎,
也绝勿杀害人类。

若要抢夺弱者的战利品,
为了你的尊严,切莫吞下一切。
狼群的正义是维护最卑微者的权利,
要为他留下头和皮毛。

狼群的猎物属于狼群。

猎物在哪儿，就在哪儿进食，

绝不能将肉带回洞穴，否则将被处死。

狼的猎物属于猎手，

任意处置是他的权力。

未经允许，狼群不可抢夺。

狼崽的权利在于他尚年幼，

他能向整个族群宣告自己的权利。

若猎手已吃饱，你大可狼吞虎咽，

谁都不会阻止你大快朵颐。

巢穴的正义由母亲主宰。

但凡活着，她就能掌控。

每头猎物最肥美的部分属于幼崽，

母亲也要享有同等权利。

家庭的正义由父亲主宰,

为了自己的家庭,他独自捕猎。

他不听从狼群的任何召唤,

狼群大会将单独审判他。

因为他年富力强,

因为他足智多谋,

因为他言辞犀利,

因为他技艺高强,

所有法则未尽之处,

狼群首领之言便是法则。

"老虎——老虎!"

捕猎还顺利吗,无畏的猎手?

兄弟,我已在寒冷中守候良久。

你追踪的猎物是什么?

兄弟,他仍静静地躲在丛林中。

令你引以为傲的威力去了哪里?

兄弟,它已从我的体内消亡。

你脚步匆匆,要赶往哪里?

兄弟,我要返回我的洞穴,去迎接死亡。

与狼群在会议岩上大战一场之后,摩格利离开狼穴,下山来到村民家附近的耕地上。但他并未在那里停下脚步,因为这儿离丛林实在太近。他心里很清楚，这次自己至少跟谢尔汗成了死对头。他迈开大步，沿着山谷间那条崎岖的小路步履坚定地前行。他一直走了快二十英里，最后来到一个完全陌生的村落。河谷在这里豁然开朗，变成一个大平原，平原上岩石星罗棋布，一条条山涧纵横交错。平原的一头立着一个小村庄，另一头的山坡上一片莽莽密林绵延而下，在牧场附近戛然而止，像是突然被一锄头挖断了。漫山遍野散落着吃草的黄牛和水牛。放牛的小男孩们一见到摩格利便尖叫着一哄而散，几条黄色的土狗冲着他大声狂吠，这样的狗在印度村庄里随处可见。饥肠辘辘的摩格利一路前行，最后来到村口。他看见村口一侧堆放着一大丛荆棘。暮色降临时，这丛荆棘会被移过来堵住大门，防止野兽进村。

他在夜间四处奔走追逐猎物时，不止一次见过这种路障。"嗯！"他自忖，"所以这儿的人也害怕丛林兽民。"他在村口坐下来。这时，一个男人走出大门。摩格利站起身，然后指了指自己张开的嘴巴，表示他饿了，想吃东西。那个男人盯着他看了几眼，转身飞快地跑回村里的一条街道上，大呼小叫地找来祭司。一百多位村民簇拥着祭司来到村口。祭司是位身材高大的肥胖男子,他穿着白色的衣服,前额上画着一道道红黄相间的印记。好奇的村民们跟在祭司身后,不停打量着摩格利,对着他指指点点,议论纷纷。

"他们没有礼貌,这些人类,"摩格利心想,"只有灰猿才会像他们这样做。"他猛地将一头长发甩向身后,皱起眉头盯着眼前这群人。

"有什么可害怕的?"祭司平静地说,"看看他胳膊上和腿上的印记,这些都是狼的咬痕。他不过是一个逃离丛林的狼孩罢了。"

狼崽们过去总和摩格利撕咬取乐,但他们下嘴没轻没重,在摩格利的胳膊和腿留下了许多白色的疤痕。可摩格利绝不会称这些伤痕为咬伤,因为他比谁都清楚什么才是真正的撕咬。

"啊呀!啊呀!"几个妇人聚在一起喋喋不休,"被狼群咬成那样,可怜的孩子!他长得可真帅气。他的眼睛真有神,就像熊熊燃烧的火焰。我对天起誓,梅苏亚,他跟你那个被老虎叼走的儿子长得可真像。"

"让我看看,"一个手腕和脚踝上都戴着沉甸甸的铜镯子的女人将手掌搭在额前,远远地打量着摩格利,说,"他确实长得像我儿子。他更瘦一些,但他的表情像极了我儿子。"

祭司是个聪明人,他知道梅苏亚的丈夫是村里最富有的村民。于是他抬头望向天空,大约一分钟后,他庄重地说:"昔日丛林夺走,今日丛林归还!把那孩子带回家吧,我的姐妹。也别忘了感谢祭司,他能看透人的命运。"

"以赎买我的公牛之名发誓,"摩格利自言自语,"这场谈话就像人类接受我加入的仪式。也罢,如果我是一个人,那我就要好好做个人。"

人群散开了,那个妇人向摩格利招手示意,让他跟随自己回家。妇人的家中装饰简单,房中摆放着一张漆成红色的床,一个表面绘有滑稽图案的陶制大谷仓,六个铜制的炊具。一个小小的神龛里供奉着一张印度教湿婆神的画像。墙上还挂着一面真正的镜子,这些都是村庄集市上随处可见的便宜货。

妇人让摩格利喝了不少牛奶,又给他吃了点面包。然后,她将手轻轻地放在摩格利头上,盯着他的眼睛。她觉得或许摩格利真是自己的儿子,当年他被老虎拖进了丛林,现在他又回来了。想到这儿,她喃喃道:"纳苏,哦,纳苏。"可摩格利听到这个名字却毫无反应。"你还记得那天我给了你一双新鞋吗?"妇人摸摸他的脚,这双脚简直跟牛角一样硬。"不,"她悲伤地说,"这双脚从没穿过鞋,可你真的很像我的纳苏。你应该就是我的儿子。"

摩格利浑身都不自在,因为他之前从没待在屋顶下。他打量了一下屋顶,发现自己能轻松扯碎这些茅草随时逃走,更何况窗户也没窗闩。"做人有什么好呢?"最后他自言自语道,"我连人说的话都听不懂。现在我简直又傻又哑,要是哪个人来到丛林跟我们一起生活,准跟我现在一个样。不行,我得学会他们说话。"

与狼群一起生活时,他曾模仿过丛林中公鹿挑战时发出的怒吼,也学过小野猪的哼哼声,这么做可不是为了取乐。每次梅苏亚才说出一个字,下一秒摩格利就会丝毫不差地说出这个字。天黑前,他已经学会了茅屋中许多物品的名字。

到了睡觉时,摩格利又遇到另一个麻烦。这个小屋看上去就跟黑豹说的陷阱一样,摩格利可不愿意待在这种地方睡觉。妇人和她的丈夫刚关上房门,摩格利就跳出窗户逃走了。"随他去吧,"梅苏亚的丈夫说,"记着,他从今天开始才睡在床上。如果他真是我们找回的儿子,他不会逃走。"

摩格利跑到农田边缘,找了块干净的草丛躺下去。他舒服地伸了个懒腰,正要闭上眼睛,一个柔软的灰鼻子戳了戳他的下巴。

"噗!"灰兄弟(他是狼妈妈最大的孩子)说,"这是跟着你走了二十英里后一点可怜的回报。你身上有柴火的烟味,还有牛群的味道,闻上去就像个人。醒醒,小兄弟,我给你带来了消息。"

"大家在丛林里都还好吗?"摩格利一把抱住他,激动地问。

"都挺好的,除了那些被红花烧伤的狼。听着,谢尔汗差点被烧焦了。他已经逃去远方捕猎,要等身上的毛重新长出来才会回来。但他发誓,等他回来,会让韦恩根格河谷成为你的葬身之地。"

"我只送他两个字——做梦。我也立下一个小誓言。不过有消息总是好事。今晚我累了——学习这些新玩意可把我累坏了——灰兄弟。你要常来给我送信啊。"

"你不会忘了自己是头狼吧?和人类一起生活不会让你忘了自己的身份吧?"灰兄弟忧心忡忡地问。

"绝不会。我会一直记得,我爱你,还有我们狼穴的所有成员。但我也会总是记起我已经被逐出狼群。"

"别忘了你也可能会被驱逐出人群。人就是人,小兄弟,他们说话时就像池塘里的青蛙。如果下次我来山下找你,就在牧场边的竹林那儿等你。"

这晚过后的三个月里,摩格利几乎没离开过村子的大门,他一直忙于学习人类所有的行事方式和习俗。首先,他得用一块布裹住身子,这让他很是恼火;其次,他得学会用钱,可他压根搞不明白;另外,他还得学会耕作,虽然他不懂耕地有何用处。村里的孩子们也常常让他大为光火。所幸"丛林法则"教过他不能发火——因为在丛林中,只有不乱发火才能维持生存,获取食物。但是当小孩子们取笑他不会玩游戏、放风筝,或是因为他说错一个字而奚落他时,他非常生气。只是良知提醒他,跟这些乳臭未干的小孩子动手并非光明磊落的行为,他才强忍住没动手。

他不知道自己到底有多厉害。以前在丛林时，他觉得自己比野兽弱小，可现在村里人人都说他壮得像头公牛。他自然也不懂得恐惧。有一回村里的祭司告诉他，要是他偷吃祭司家的芒果，将会触怒寺庙里的神明。于是他从寺庙中摘下神明的画像，来到祭司家。他让祭司把这事告诉天神，让天神发怒，然后他就能和天神一决高下。这可真是个骇人听闻的行为，不过祭司终究还是息事宁人了，自然梅苏亚的丈夫也花了不少上好的白银来安抚天神。

摩格利对不同种姓的人之间的区别也懵然不知。有一次，一个陶工赶着驴子前往坎希瓦纳的集市，半路上驴子滑进了泥坑。摩格利揪着驴尾巴把驴子拖出来，又帮陶工把摔下来的陶罐摞得整整齐齐。这也是件令人咋舌的大事，因为陶工是低种姓的贱民[①]，驴子就更卑贱了。祭司为此责备他，摩格利却威胁祭司要把他丢到驴背上。祭司让梅苏亚的丈夫赶紧送摩格利去工作，越快越好。随后，村子的头人告诉摩格利，从第二天起他就得赶着水牛群去放牧。这个消息让摩

---

① 印度实行种姓制度，以种姓区分高低贵贱。

格利高兴坏了。因为他已经成了村里的雇工，按照村里的规矩，那天晚上摩格利也参加了村里的聚会。每晚大家都会聚在一株无花果大树下的石头平台旁闲聊。这儿就像村里的俱乐部，村子的头人、守夜人、消息灵通的理发匠，以及老鲍迪奥都会参加聚会。鲍迪奥是村里的猎人，他有一支塔牌毛瑟枪。猴群蹲在他们头顶的树枝上，叽叽喳喳叫个不停。平台下面有个洞，里面住着一条眼镜蛇。人们每晚都会向这条神圣的眼镜蛇献上一小盆牛奶。这几个老人坐在树下，抽着大水烟，一直聊到深夜。他们会说起许多关于神灵、鬼怪，以及人和野兽的故事。鲍迪奥的故事最为离奇，每当他说起丛林野兽的种种情状时，坐在圈子外的小孩们常常被惊得目瞪口呆。大多数传说都和动物有关，因为丛林近在咫尺。鹿群和野猪会来地里啃掉庄稼，老虎也会时不时趁着夜色，从村口掳走一个人。

摩格利自然清楚他们说的一些事，他得遮住脸才能不让别人发现他在偷笑。鲍迪奥将塔牌毛瑟枪横在腿上，眉飞色舞地讲起一个个高潮迭起、引人入胜的故事。一旁的摩格利听了，笑得肩膀晃个不停。

鲍迪奥说叼走梅苏亚儿子的那只老虎被幽灵附了身。它身上附着一个邪恶缺德放债人的灵魂，这个老人早已去世多年。"我知道这是真的，"鲍迪奥斩钉截铁地说，"因为普伦达斯在一次暴乱中被打瘸腿，账本也被烧掉了。打那以后，他就成了瘸腿。我说的那只老虎，它也是瘸腿，因为它留下的脚印深浅不一。"

"真的，真的，这一定是千真万确的。"他身边那些灰胡子老头也跟着连连点头。

"这些故事净在瞎扯，"摩格利忍不住插嘴道，"老虎瘸腿是因为他生来就是个瘸子，这事儿人人都知道。说这头胆小得连条豺狗都不如的野兽身上附着放债人的灵魂，简直就是胡说八道。"

他的话惊得鲍迪奥张口结舌，好一阵子都没吭声。头人则一言不发地盯着摩格利。

"哦，这就是从丛林里回来的那个小浑蛋，是吗？"回过神来的鲍迪奥粗鲁地斥道，"你要真有这么聪明，最好能把老虎的皮送去坎希瓦纳，政府可是悬赏了一百个卢比要取它的性命呢。不过你最好安静点，老人家说话别插嘴。"

摩格利起身便走。"我在这儿听了一整晚的故事,"他扭头冲着身后喊道,"丛林就在他家门口,可鲍迪奥说的话也就一两句是真的。那他说自己亲眼见过那些鬼怪神灵,我怎么会相信呢?"

"确实该让那男孩去放牛了。"头人说。鲍迪奥喷了一口烟,被摩格利的莽撞无礼气得直哼哼。

按照大多数印度村庄的规矩,每天清晨由村里的几个男孩负责赶着村里的黄牛和水牛去吃草,到了晚上再把牛群领回村。这些孩子还不够牛鼻子高,却能任意鞭打斥骂那些脾气暴躁得能踩死白人的牛。只要跟牛群待在一起,孩子们都很安全,因为就算是老虎也不敢招惹牛群。可要是他们忙着摘野花或是抓蜥蜴,落在牛群后头,有时候就会被老虎叼走。摩格利坐在牛群首领——公牛拉玛的背上,迎着曙光走过村里的街道。浑身靛青的水牛们全都长着向后弯曲的长犄角和凶神恶煞的大眼睛。他们起身走出牛棚,一只接一只地跟在摩格利身后。放牧的孩子们看在眼里,心里清楚摩格利是在向他们宣告自己才是牛群的主人。摩格利一边扬起一根磨得光溜溜的长竹棍驱赶水牛群,一边叮嘱其中一个男孩卡姆亚,让他们几个领着牛群去吃草,他自己负责照看水牛群。摩格利吩咐男孩们打起精神,千万别跟牛群走散。

印度的牧场遍布岩石、灌木、草丛和溪涧,牛群散布其间难以寻觅。水牛通常待在池塘或泥潭里。他们要么躺在泥潭里打滚,要么泡在温暖的泥水里晒太阳,一待就是好几个小时。摩格利将水牛赶到草原的边缘,韦恩根格河从这儿流出丛林,进入平原。摩格利从拉玛的脖子上跳下来,一路小跑来到一丛小竹林,找到了他的灰兄弟。"啊,"灰大哥激动地说,"我可是在这儿等了你好些天。你怎么去放牛了?"

"村里人命令我干的。"摩格利说,"我要为村里做一阵子牧童。谢尔汗有什么消息吗?"

"他之前来过这个村子,还在这儿等了你很久。眼下他又走了,因为这儿猎物紧缺。他可是一心要杀了你啊!"

"很好,"摩格利说,"只要他离开这儿,你或是其他任何一位兄弟一定要坐在那块大石头上,这样我一出村子就能看见你们。要是他回来了,你们就去草原中央那株达克树[①]

---

① 达克树,也称为Palash tree,或Parrot tree,生长于热带或亚热带区域,遍布于印度、孟加拉国、尼泊尔、巴基斯坦、斯里兰卡和东南亚等地,花为橘红色。

下的山涧旁等我。我们不要自己送上门去。"

接下来，摩格利找了个阴凉的地方躺下来睡觉，任凭水牛在他身边吃草。在印度，放牛是最省心的一件事。牛群边走边嚼草，吃饱了躺下来，然后站起来继续走。他们甚至都不会"哞哞"叫，偶尔才哼哼几声。水牛几乎不出声，他们一头接一头地走进泥泞的池塘，拼命把身子钻进泥里，只露出鼻孔和青瓷色的大眼睛。然后他们呆呆地瞪着眼睛，像木头一样躺着不动。炙热的阳光下，岩石仿佛在热浪中晃动。牧牛的孩子们听到一只鸢鹰（永远只有一只）在远远的天边呼啸。他们知道，要是他们死了，或是一头牛死了，那只鸢鹰会冲下来。数英里开外的另一只鸢鹰看见了，也会跟着飞下来，然后一只接一只，越来越多。甚至不等猎物完全咽气，不知道从哪儿会凭空冒出十几只鸢鹰扑将上去。牧童们睡了又醒，醒了又睡；他们用干草编成小笼子，把蚱蜢塞进去，或者抓住两只正在捕食的螳螂，让他们斗架。他们有时用红色、黑色的野果穿成一串项链，有时盯着趴在石头上晒太阳的蜥蜴，或是观察正在泥坑旁捕食青蛙的蛇。然后他们唱起冗长的歌谣，最后都用本地口音哼唱的奇怪颤音结束。

这一天看上去比大多数人的一生还要漫长。他们会用泥堆一个城堡，再捏些个泥人、马匹和水牛，然后把芦苇塞进泥人手中，让他们扮成国王，其他的泥像就是国王的军队，有时他们也让这些泥人充当受人敬仰的天神。夜幕降临，牧童们大声呼喊，水牛们便从黏糊糊的烂泥中抬起身子，一头接一头慢慢地爬起来，发出枪击般响亮的声音。他们排成一列，走过夜色中灰蒙蒙的大草原，走向闪着点点火光的村庄。

日复一日，摩格利赶着水牛群去泥坑。日复一日，他都会看到一英里半开外灰兄弟跑过平原的背影（这时他就知道谢尔汗还没有回来）。日复一日，他躺在草地上侧耳倾听四周的动静，回想着旧日的丛林时光。在这些漫长而静谧的清晨，如果瘸腿的谢尔汗来到韦恩根格河畔的丛林，只要他不小心踏空一步，摩格利一定听得到。

这一天终于来了。在约定的暗号点，摩格利没见到灰兄弟。他哈哈大笑，赶着水牛群前往约定的山涧。山涧旁的达克树上开满了橘红色的花朵，树下坐着灰兄弟，他背上的鬃毛全都竖了起来。

"他躲起来都一个月了，就是想让你放松警惕。昨晚他和塔巴奎紧跟你的足迹，跑遍了这一带。"灰狼喘着粗气说。

摩格利皱着眉说："我倒不担心谢尔汗，但塔巴奎太狡猾了。"

"别怕，"灰兄弟轻轻地舔了舔嘴唇，说，"天亮时我见到了塔巴奎，现在他一定在跟鸢鹰吹嘘自己有多聪明。还没等我咬断他的脊背，他就把所有消息都吐给我了。谢尔汗打算今晚在村口等你——他就冲着你来，不等其他任何人。这会儿他就躺在韦恩根格河那条干枯的大河谷里休息呢。"

"他今天吃了吗？还是说他打算空着肚子捕猎？"摩格利关切地问，这可是个关乎摩格利生死的大问题。

"黎明时分，他杀了一头猪，他也喝饱水了。记着，哪怕是为了复仇，谢尔汗也绝不可能跑快。"

"哦！笨蛋，大笨蛋！真是个没脑子的家伙。吃饱又喝足！他以为我会乖乖等他睡着！现在他躺在哪儿呢？要是这会儿我们有十个兄弟，准能趁着他躺下时把他干掉。不过水牛要是没闻到老虎的气味，不会冲过去，我也不会说水牛的语言。我们能不能跟在他后面，让水牛闻到他的气味？"

"他游到韦恩根格河谷那头,把气味藏起来了。"灰兄弟答道。

"我懂了,塔巴奎让他这么干的。谢尔汗自己想不出这个主意。"摩格利站起身来,含住一根手指冥思苦想。"韦恩根格河的大河谷,它在平原上的入口离这儿不到半英里。我可以领着牛群绕过丛林到河谷的尽头,然后把牛群从高处赶下来——但老虎有可能从另一头溜走。我们必须守住那一头。灰兄弟,你能帮我把牛群一分为二吗?"

"我——可能不行,不过我早就带来了一个好帮手。"灰兄弟快步跑到不远处的一个洞口前钻了进去。紧接着,洞口处探出一个巨大的灰脑袋,摩格利对这个脑袋可再熟悉不过了。炎热的空气中响起了丛林中最为凄厉的嗥叫——这是狼在白天捕猎时的嚎叫。

"阿克拉,阿克拉,"摩格利开心地拍手大喊,"我早该想到你不会忘记我的。我们手头上有件大事要干。阿克拉,把牛群分成两半,让母牛和小牛崽待在一起,小公牛和犁地的水牛待在一起。"

两头狼在牛群中来回穿梭,很快将这群昂着头、直喷粗气的水牛分成两群。一群是母水牛和小牛犊,母牛将牛犊围在中间,愤怒地瞪着眼睛,不停地用蹄子刨地。要是哪头狼敢停下来,她们就一定会冲过去将他踩翻在地。另一群是犁地的水牛和小公牛,他们喷着粗气,不停地用脚跺地。虽然他们看上去架势十足,其实远不如母牛危险,因为他们不用保护小牛犊。这两头狼动作敏捷,就算是六个男人也没法如此干脆利落地把牛群分开。

"下一步怎么办?"阿克拉气喘吁吁地喊,"他们又要混起来啦。"

摩格利嗖的一下跳到拉玛的背上,说:"把公牛赶往左边,阿克拉。灰兄弟,我们走后,你就把母牛聚到一起,赶进河谷的尽头。"

"赶多远?"灰兄弟气喘吁吁地问,一边撕咬着不听话的母牛。

"一直赶到谢尔汗没法跳上两边的河岸!"摩格利大喊,"让他们待在那儿,等我们冲下来。"在阿克拉接连不断的嚎叫声中,公牛群像疾风一样扫过平原,向前狂奔。灰兄弟停在母牛面前,愤怒的牛群立刻向他冲来。他一转身,一路引着牛群冲向河谷的另一头。这会儿,阿克拉正赶着公牛远远地转向左边。

"干得好!让他们再跑起来,他们已经开始了!小心,现在!小心,阿克拉!咬一下就够了,牛群会向前冲。呼啦!这比驱赶黑雄鹿还要疯狂。你有没有想过这些大家伙能跑得这么快?"摩格利大喊道。

"当年我曾经——曾经猎杀过这些动物。"阿克拉在飞扬的尘土中气喘吁吁地说,"我是不是要赶着他们转入丛林?"

"是啊!掉头,快让他们掉头!拉玛已经气疯了。哦,要是我能告诉他今天我需要他做什么就好了!"

这一次,公牛被赶着转向右边,冲进了前面静静耸立的丛林。其他的牧童从半英里外看到这一幕,吓得撒开腿拼命向村子跑去,边跑边高喊:"水牛发疯,逃走了。"摩格利的计划其实很简单。他不过是想让牛群围成一个大圈上山,到达河谷的出口,再从那儿将公牛赶下河谷,把谢尔汗逼到公牛和母牛之间。他知道吃饱喝足的谢尔汗绝不可能与牛群进行正面冲突,只会拼命跳上河谷逃跑。这会儿他正忙着安

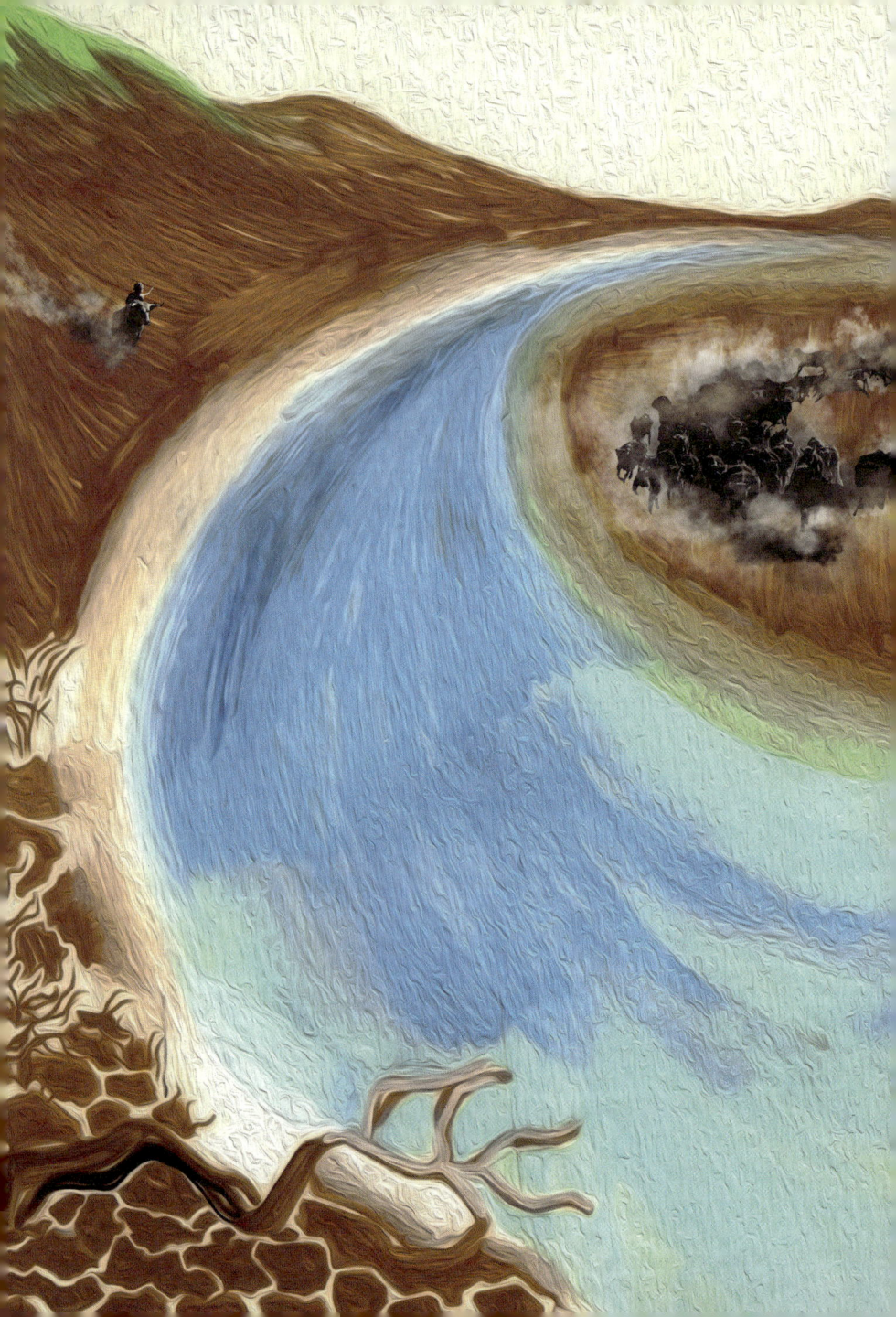

抚牛群,阿克拉已远远地落在队伍最后,偶尔嗥叫一两声,催促队尾的水牛加快速度。他们绕了个很大的圈,因为摩格利不想让牛群太靠近河谷,以免引起老虎的警惕。从这儿往下眺望,掠过一大片树顶,山坡下的平原一览无余。摩格利光顾着仔细打量河谷的两侧,他对眼前的景象相当满意。只见河谷两岸几乎与地面垂直,上面密密麻麻地爬满了野葡萄藤和爬山虎,就算老虎想从这儿逃走也无处下脚。

"让他们喘口气,阿克拉。"他抬起一只手说,"他们还没闻到老虎的气味。让他们喘口气吧。我必须告诉谢尔汗谁来了。我们已经让他钻进套子里了。"

他把双手拢在嘴边,冲着下面的河谷大喊——这简直就像在隧道里喊话——整个河谷中顿时响起他的回声。

过了很久,才从河谷那头传来一阵低沉的咆哮声。这头老虎吃饱喝足,刚从睡梦中醒来,连声音都是懒洋洋的。

"谁在喊?"谢尔汗吼道。一只漂亮的大孔雀吓得尖叫着扇动翅膀,飞出了河谷。

"我,摩格利!你这个偷牛贼,是时候上会议岩啦!下去!把他们赶下去,阿克拉!下去,拉玛,下去。"

牛群站在陡坡的边缘不动，但阿克拉爆发出狩猎时的嚎叫，牛群便一头接一头纵身跃下，如同穿越激流的轮船一般向前飞驰，溅起一片沙石。一旦开始行动，牛群便停不下来。离河床老远，拉玛就闻到老虎的味道，他立刻发出一阵怒吼。

"哈！哈！"摩格利骑在他背上说，"现在你知道啦？"此时河谷里挨挨挤挤全是黑色的牛角，直冒白沫的牛鼻子，以及燃烧着熊熊怒火的大眼睛，牛群如同被洪流裹挟的大石块滚滚向前。弱一点的水牛被挤到河谷两侧，栽进爬山虎中。他们都知道接下来将会发生什么——水牛群发动的进攻威力无比，哪头老虎都承受不了。

听到牛群闷雷般的蹄声，谢尔汗爬起来，拖着笨重的身子，沿着河谷慢吞吞地向下游走去。他不时地向河谷两岸张望，想要逃出生天。可是两旁的河岸陡峭非常，他肚子里又塞满了食物和水，一时之间也无计可施。他只得继续往前走，暗自期望千万不要与飞奔而来的牛群有任何正面冲突。牛群跑过老虎刚才躺过的泥塘，溅起满地泥水，愤怒的吼声响彻狭窄的河道。这时，摩格利听见河谷的另一头也传来一阵怒吼,像是对他们的回应。他看见谢尔汗转过身(老虎知道,到了紧急关头,公牛总比带着小牛犊的母牛好对付)。突然,拉玛绊了一下,他跌跌撞撞地稳住身子,踩过一个软软的东西,全速撞向对面的牛群。其他的公牛紧随其后,与对面的牛群撞在一起,稍弱一点的水牛甚至被顶了起来。一股巨大的力量裹挟着两群牛冲出河谷,冲进平原。牛群跺着脚,喷着响鼻,被彼此的尖角戳得鲜血淋漓。摩格利看准时机,从拉玛的脖子上滑下来,扬起手中的小竹棍,四处敲打牛背。

"快,阿克拉!把他们分开!让他们散开,否则他们会互相打斗。把他们赶开,阿克拉。嗨,拉玛!嗨,嗨,嗨!我的孩子们。现在温柔点,温柔点!全都结束了。"

阿克拉和灰兄弟在牛群中东奔西走,啃咬水牛的腿。虽然牛群猛地转过身,想再次冲上河谷,但摩格利拼命拉住拉玛,让他掉头带着其他的水牛回到了水坑。

用不着再去踩踏谢尔汗了,他已经死了。现在,鸢鹰们正朝着他飞来。

"兄弟们,那不过是一条狗死了。"摩格利一边说,一边伸手从悬挂在胸前的刀鞘里抽出一把小刀。自从和人类住在一起后，他就随身佩戴着这把刀。"不过他从来就没有半点斗志。嗨！他的皮铺在会议岩，看起来一定棒极了。我们得快点动手。"

一个在人群中长大的男孩做梦也想不到有一天他会独自给身长十英尺的大老虎扒皮，可摩格利比谁都清楚动物的皮是怎么长出来的，又该从哪里下手。不过，这个活依然不轻松。摩格利用力劈砍撕扯，吭哧吭哧地干了一个小时，两头狼一直伸着舌头待在旁边。听到摩格利的命令，他们就会上前去帮着用力撕扯。

这时，一只手落在他肩上。摩格利一抬头，就看见鲍迪奥端着那把毛瑟枪站在他身后。孩子们已经把水牛受惊逃走的消息传遍了整个村子。鲍迪奥闻讯立刻怒气冲冲地跑出村，迫不及待地要好好教训摩格利一顿，惩罚他没看管好牛群。这个男人还没走近，两头狼就飞快地躲了起来。

"你在干什么蠢事？"鲍迪奥恶狠狠地说，"你以为你能给一头老虎剥皮？水牛们在哪里杀了他？这是那头瘸腿老虎，杀了他有一百卢比的悬赏。好吧，也罢，虽然这次你让牛群跑了，我们暂且放过你吧。等我把这块皮拿去坎希瓦纳，或许我还会给你一个卢比的奖励。"他从腰间的围裙里摸出打火石和钢块，弯下腰去燎那头死老虎的胡须。当地大多数猎人会在杀死老虎后烧掉老虎的胡须，以免老虎阴魂不散，缠住自己。

"哼！"摩格利冷哼一声，扯住老虎的一只前爪，将爪上的皮猛地向后一撕，接着说，"所以你会带着这块虎皮去坎希瓦纳换奖赏，或许还会给我一个卢比咯？现在我想的是，我得留下他的皮给自己用。嘿，老头，把火拿开。"

"你竟敢对着村里的头号猎人这样说话？你运气好，靠着那群蠢笨的水牛帮你杀了这头老虎。这头老虎刚吃饱，否则这会儿它早就逃出二十英里了。你连皮都不会剥，小乞丐，小浑蛋，哪来的胆子教训我不能烧它的胡须。而我，鲍迪奥，会真的听你教训吗？摩格利，奖金我一个子儿都不会给你，我只会狠狠地揍你一顿。放下那头畜生的尸体！"

"以赎买我的公牛之名发誓，"摩格利怒气冲冲地说，他正努力撕扯着老虎肩上的皮，"难道我整个中午都得待在这儿对着一只老猴子喋喋不休吗？快来，阿克拉，这个人威胁我。"

鲍迪奥正俯身站在老虎的脑袋前,可下一秒他就发现自己四脚朝天摔在草地上,身边出现了一头大灰狼,摩格利却还待在原地旁若无人地给老虎剥皮。

"是——的,"摩格利咬牙切齿地说,"你说的全都对,鲍迪奥。你绝不会给我一个子儿的奖金。这头瘸腿老虎和我之间的战斗早就开始了——很久之前的战斗——现在我赢了。"

说句公道话,要是鲍迪奥再年轻十岁,如果在丛林里遇见阿克拉,他或许能有机会打败这头狼。可眼下他跟前站着的这头狼并非凡物,他只听这个男孩的指令,而男孩和这些吃人老虎之间曾有过不少战斗。这是巫术,最邪恶的魔法。鲍迪奥心想,唯恐脖子上挂着的神符没法保护自己。他一动不动地躺在那儿,生怕摩格利也随时变成一头老虎。

"马哈拉吉!伟大的国王!"终于他用低沉沙哑的声音说道。

"没错。"摩格利头也不回地咯咯笑着。

"我只是个老头子,不知道原来你这么有本事。你能让我起来离开这儿吗?还是说你的仆人会把我撕个粉碎?"

"走吧,安静地走吧。只是,下一次别再插手我的事。让他走吧,阿克拉。"

鲍迪奥拖着腿拼命地向村子跑去,一路上他不停地回头张望,唯恐摩格利变成什么可怕的东西。一回到村庄,他就编了个全是魔法、妖术和巫术的故事。祭司听完后面色凝重。

摩格利还在卖力地干活。等他和两头狼把那块斑斓的大虎皮从老虎身上扒下来,已是黄昏时分。

"现在我们得把这个藏起来,然后把牛群赶回去。帮我赶牛群吧,阿克拉。"

朦胧的暮色中,他们将牛群聚在一起往回赶。快到村口时,摩格利看见点点灯光,又听到寺庙中螺号齐鸣,钟声震天。似乎快一半的村民都站在村口等他。"那是因为我杀了谢尔汗。"他暗自思量。可雨点一般的石头突然向他呼啸而来,村民们纷纷嚷道:"巫师!狼崽子!丛林里的恶魔!滚开!赶紧离开这儿,否则祭司会将你再次变成狼!开枪!鲍迪奥,开枪!"

只听那把老旧的毛瑟枪"砰"地发出一声巨响,紧接着一头年轻的水牛痛苦地低吼起来。

"又是巫术!"村民们惊叫道,"他能让子弹转向。鲍迪奥,那是你家的水牛。"

"这是怎么了?"摩格利自言自语,满脸迷惑地看着越来越多的石头朝他飞来。

"他们跟狼群没什么两样,你的这些同族。"阿克拉蹲坐在地上,平静地说,"要我说,如果子弹有什么含义,那就表示他们要将你逐出人群。"

"狼!狼崽!滚开!"祭司挥舞着一小枝神圣的图丝草,厉声喊道。

"又要赶我走?上次因为我是一个人,我被逐出狼群!这次因为我是一头狼,我又被逐出人群!我们走吧,阿克拉。"

一个妇人哭喊着跑向牛群——那是梅苏亚。"哦,我的儿子,我的儿子!他们说你是个巫师,能随心所欲地变成野兽。我不信,可你还是快走吧,要不他们会杀了你。鲍迪奥说你是个巫师,不过我知道你已经为死去的纳苏报仇了。"

"快回来,梅苏亚,"人群高呼道,"回来,否则我们连你一起砸。"

摩格利苦涩地笑了,笑声短促而难听,因为一颗迎面飞来的石子刚巧砸中了他的嘴。"快回去,梅苏亚。这不就是他们每晚在大树下说的那些荒唐的故事吗?至少我已经帮你儿子报仇了!再见,快跑吧!我要把牛群赶回去,速度可比他们扔过来的碎石头快得多。我不是巫师,梅苏亚,永别了!"

"现在,再来一次,阿克拉!"他大喊,"把牛群赶进村。"

焦躁不安的水牛群只想赶紧回村,不等阿克拉大声嚎叫,他们就已经像旋风一样冲进村子,将人群冲得七零八落。

"好好数数,"摩格利轻蔑地大喊,"我也许偷走了你们的一头牛。好好数数,我再也不会为你们放牛了!再见了,人类的孩子。你们要感谢梅苏亚,因为她,我才没有带着我的狼朋友杀进来,追着你们满街跑。"

他猛地转身,和独狼一起离开了。当他抬头看向夜空中的点点繁星，一股喜悦之情油然而生。"我再也不用睡在陷阱里了。阿克拉，我们把谢尔汗的皮一起带走吧。不，我们不会伤害村民，因为梅苏亚对我很好。"

月亮从平原上升起，为大地笼上了一层乳白色的轻纱。惊魂未定的村民们看着摩格利头顶一堆东西，像狼一样迈着轻快的步伐，一路疾行，两头狼紧随其后。他们一溜烟向前，如同烧过山林的野火，转眼间已遥不可及。看着那几个远去的身影，村民们更加卖力地敲动寺庙中的大钟，吹响了螺号。梅苏亚伤心地号啕大哭。鲍迪奥将他在丛林中的奇遇又添油加醋地篡改一番。最后，他竟说阿克拉能支起后腿站起身子，还能像人一样说话。

摩格利和两头狼来到会议岩所在的小山时，月亮正慢慢西斜。他们先来到狼妈的洞穴前。

"他们把我赶出了人群，妈妈！"摩格利冲着洞内高喊，"但我遵守诺言，带来了谢尔汗的皮。"

狼妈颤巍巍地走出洞穴，身后跟着其他三头狼。看到虎皮，她眼里闪烁着喜悦的光芒。"那天，当他把脑袋和肩膀塞进洞里，想要夺你性命时，我就说了，小青蛙——我说，

有朝一日猎人将会成为猎物。干得好！"

"小兄弟，干得太好了！"丛林里传来一个低沉的声音，"你走之后，我们待在这森林里都倍感寂寞。"说着，巴希拉跑到摩格利的光脚丫旁。他们一起爬上会议岩，摩格利把虎皮铺在阿克拉过去常坐的那块扁平的大石头上，用四根竹棍将它钉牢。阿克拉在虎皮上躺下来，再次发出当年他在狼群大会上的呼喊："看啊——好好看看啊，各位！"这喊声跟当年摩格利头一次被带上会议岩时的声音一模一样。

自从阿克拉的头狼之位被废后，狼群一直群龙无首。他们肆无忌惮地捕猎争斗。于是，有些狼掉进陷阱瘸了腿，有些狼遭受枪击跛了脚，有些狼吃了变坏的食物浑身长满疥癣，还有些狼下落不明。但是听到阿克拉的呼喊，他们旧习难改，忍不住大声回应。狼群中剩下的狼全都来到了会议岩。他们看见谢尔汗那布满条纹的虎皮正铺在岩石上，四只空空的虎脚连着巨大的爪子，从岩石上垂下来。

"好好看看啊，各位，我有没有信守承诺？"摩格利冷笑道。狼群发出一声长嗥，给出了肯定的答案。一头皮毛稀疏杂乱的狼嚎叫道："请再次领导我们吧，哦，阿克拉！请再次领导我们吧,哦,小人崽!我们已经受够了这种毫无规矩的生活,我们将再次成为自由的兽民。"

"不,"巴希拉语气干脆却轻柔地一口回绝,"不行!等你们酒足饭饱,你们会再次发狂!你们叫作自由的兽民可不是没道理的。你们曾经为自由而战,现在你们如愿以偿。好好享受胜利的果实吧,狼群的诸位。"

"人群和狼群都驱逐了我,"摩格利说,"从今往后我将独自在丛林中捕猎。"

"我们会和你一起打猎。"四个狼兄弟齐声说。

于是摩格利离开了,从那天起他和四个狼兄弟一起在森林中捕猎。不过他绝非孤身一人,因为多年后,他长大成人,还成了家。

不过这个故事是讲给成年人听的。

国王的驯象钩

丛林里有四种东西最贪婪,他们从未满足——
豺狗的嘴,鸢鹰的胃,猿猴的手,人类的眼。

——丛林谚语

大蟒蛇卡阿刚蜕完皮,这大概是他出生以来第二百次蜕皮,摩格利专程前去道贺。摩格利一直记得卡阿那晚在冷穴救了他的命,或许你还记得这个故事。蜕皮总是让一条蛇变得阴郁消沉,直到新的皮肤开始闪烁生辉。卡阿再也不会奚落摩格利,像其他的丛林兽民一样,他早已接受摩格利做这丛林的主人,也乐于跟他分享自己听到的各种消息。他在丛林里活到这么大年纪,自然有数不清的见闻。不过他最了解

的还是被兽民们称为中层丛林的世界,就是靠近地面和地下的世界,在巨岩、幽穴及树洞中的生活。

一天下午,卡阿将巨大的身子盘成一堆。摩格利坐在他团起的身子里,轻轻地摩挲着他刚蜕下的那身破破烂烂的蛇皮,这一摊弯弯扭扭绕成一团的蛇皮还留在卡阿当时蜕皮的岩石堆里。卡阿亲热地盘起身子垫在摩格利赤裸的宽肩膀下,这样他舒适得就像躺在一张摇椅上。

"就连长在眼睛上的鳞片也很完美,"摩格利把玩着那条旧皮轻声说,"看到你头上的那层皮落在你的脚底下,这感觉真奇怪。"

"啊,可我没有脚,"卡阿说,"而且这从来就是我们所有蛇民的习性,我不觉得奇怪。难道你的皮肤从不会变得又老又粗糙吗?"

"要真是那样,我就去洗澡啊,扁脑袋。不过,到了天儿热的时候,我还真希望能把这身皮毫不费力地蜕下来,然后光着身子到处跑。"

"我也洗澡,不过我也会蜕皮。我这身新衣裳看着还行吧?"

摩格利抚上卡阿巨大的脊背,他的手指顺着那些斜方格的花纹一直向下滑去。"龟背更坚硬,颜色却不如你的皮肤艳丽;跟我同名的青蛙,皮肤颜色更亮些,可又不如你的皮肤这般坚硬,"他说得头头是道,"你这身皮肤看上去很漂亮,就像百合花喇叭口上长的斑纹。"

"还得要点水。新换的皮肤要下过一次水后颜色才会饱满。我们去洗澡吧。"

"我来抱你。"摩格利弯下腰,笑嘻嘻地想要举起卡阿中间的那截身子,这儿刚好是他那水桶一般粗的身体上最细的地方。一个人用尽全力也就刚好能举起一截两英尺长的大水管,摩格利自然举不动卡阿。卡阿一动不动地躺在那儿,偷偷将身子鼓胀起来,逗着他玩。于是他们例行的晚间游戏就开始了——只见一个男孩憋红了脸,使出浑身力气跟一条五彩斑斓的大蟒蛇角斗。这是一场眼神与力量的较量。当然了,要是卡阿全力以赴,十二个摩格利都能被他绞成肉泥。但卡阿每次都小心翼翼,绝不使出一成的力气。自从摩格利的身体越发强壮,也能承受稍微粗暴一点的运动后,卡阿就教给他这个游戏,因为这对锻炼他的四肢最有裨益。有时卡阿扭动身子在摩格利身上绕来绕去,差点缠住他的脖子,摩格利则拼命地想腾出一只手来扼住卡阿的喉咙。当卡阿的身子软绵绵地滑下去,摩格利会敏捷地迈开双腿追上去,试图赶在卡阿将那条大尾巴甩向后面的岩石或树墩寻找支点前截住他。他们会头顶着头,滚来滚去,各自寻找出手的最佳时机,直到这对像雕塑般美丽的对手又变成转来转去的黑黄相间的蛇圈和不停挣扎的手和腿。他们倒下去又站起来,一次又一次。"喂!喂!喂!"不等摩格利反应过来,卡阿已经飞快地接连虚晃了几次脑袋。"看哪!我碰到你这里了,小兄弟!这里,还有这里!你的手都麻了吗?又是这儿!"

每次这个游戏玩到最后只有一个结局——卡阿将脑袋直直地撞向摩格利,将他一击倒地。从他们第一次开始比赛,直到现在,摩格利仍然想不到要如何提防这闪电般的迎头一击。可卡阿对他说,压根就用不着费心,因为任何防守都不起作用。

"那就祝你打猎顺利啦!"卡阿开心地哼哼道。跟往常一样,摩格利被撞飞了六码远,他笑着直喘粗气,抬起抓满青草的双手,跟着卡阿去了一个水青如黛的深潭。那儿是聪明的卡阿最喜欢的沐浴场所。潭边乱石嶙峋，沉入水中的几截树桩又为它平添了几分野趣。按照丛林的方式，男孩一声不吭地滑入水中，向水潭的另一边潜去。接着他悄无声息地从水里冒出来，转身仰面躺在水上，双臂枕住脑袋，静静地看着月亮从岩石后缓缓升起，然后用脚趾搅碎了水中月亮的倒影。卡阿钻石形的脑袋像一把镰刀划开了平静的潭面，他从摩格利身旁露出头来，靠在他肩上。他们俩静静地泡在清凉的水中，尽情地享受这沁人的清凉。

"太舒服了，"摩格利慵懒地说，"我记得跟人同住时，这个点，他们都躺在泥巴陷阱里，睡在一块块硬木头上，小心翼翼地将清风都关在屋外，用脏兮兮的布蒙住脑袋，然后鼻子里哼出邪恶的歌声。在丛林里的生活舒服多了。"

一条眼镜蛇急匆匆地从岩石上溜下来，喝完水，对他们说了句"打猎顺利"，又匆匆离开了。

"哟……"卡阿像是突然想起了什么，若有所思地问，"所以丛林生活满足你所有的愿望了吗，小兄弟？"

"不完全是，"摩格利开心地笑道，"要不然每个月都能冒出一头像谢尔汗一样强壮的老虎让我解决。现在，我用不着找水牛帮忙就可以亲手解决它。我也一直希望雨季时能出太阳，旱季时能下雨降温。我们确实贪心不足，我们都一样。"

"难道你就没别的要求了吗？"大蛇再次问道。

"我还有什么可要求的？我已经拥有了整座丛林，还有丛林赐予我的一切！从东到西，还能找到比这儿更好的地方吗？"

"哎，那条眼镜蛇说……"卡阿开口道。

"哪条眼镜蛇？刚走的那条什么都没说啊。他在捕猎。"

"另一条。"

"你和有毒的蛇民有很多来往吗？我每次都给他们让路。他们长得那么小，可他们前牙上却带着死亡的气息，这可不好。和你说话的这条眼镜蛇又是怎么回事？"

卡阿在水中慢慢转动身子，像一艘在海浪中翻滚的巨轮。"三四个月前，"他慢悠悠地说，"我在冷穴捕猎，或许你还记得那里，被我追捕的那个东西尖叫着跑过那些水槽,逃进上次我为了救你而砸坏的那座房子,钻进了地底下。"

"可是冷穴的猴子并不生活在洞里。"摩格利知道卡阿说的是猴民。

"这东西并不是在那儿生活,他只是想从那儿逃走活下去,"卡阿吐了吐信子,回答道,"他逃进一个深深的洞穴。我一直跟着他,最后抓住他,吃完我就睡着了。醒来后我继续往前走。"

"在地下吗?"

"算是这样吧。最后我遇到一个白兜帽(一条白色的眼镜蛇),他说的话我完全听不懂,他还给我看了很多我从没见过的东西。"

"新猎物吗?这玩意儿好抓吗?"摩格利飞快地转到卡阿身旁。

"这东西不是吃的,它差点把我的牙全崩掉了。可是白兜帽说但凡是个人——他说得好像自己很了解人一样——但凡是个人,为了看它们一眼,哪怕放弃生命他们也愿意。"

"我们去看看吧,"摩格利兴奋地说,"我现在想起来了，我曾经是个人。"

"慢点，慢点！那条心急的黄蛇就是吞了太阳才死掉的。我们两个在地下聊了会儿，我提到了你，说你是个人。那个白兜帽是这么说的（他确实跟森林一样老了）：'我很久没见过人了。让他来吧，他将会看到这儿所有的一切。这些东西很厉害，只要一点点也能让许多人送命。'"

"一定是新的猎物。现在那条毒蛇还没跟我们说，游戏什么时候开始。他们可不是什么友善的家伙。"

"不是猎物。那是——那是——我说不清楚那是什么。"

"我们去那儿吧。我从没见过一条白兜帽，我还想看看其他东西。他把它们全杀了吗？"

"它们都不是活物。他说自己是这些东西的守卫。"

"啊，我懂了！就像一头狼守着他带回家中的猎物一样。我们走吧。"

摩格利往岸边游去，上岸后在草地里滚了滚，擦干身子，然后和卡阿一起动身前往冷穴——那座你或许听说过的遗落之城。现在摩格利一点都不怕那些猴民，猴民却对他敬而远之。不过眼下猴群正在丛林里东奔西跑，四处劫掠，只剩下空荡荡的冷穴静静矗立在月光下。卡阿领着摩格利直奔平台上曾是王后凉亭的那片废墟，他翻过散落一地的残砖碎瓦，钻进从凉亭正中央直通往地下的台阶，台阶的入口被堵了一半。摩格利紧随其后，他先用蛇语呼喊"我们都是同胞兄弟，你和我"，然后跪在地上手脚并用地往前爬去。

他们沿着一条平缓向下的通道爬了很长时间，一路七拐八弯地来到一株大树的根部。这些树根从一面坚实的石壁上挤出来，差不多向上延伸了三十英尺高。他们从石壁上那条缝中缓缓爬过去，发现他们置身于一个巨大的地下洞穴中。洞穴顶部被树根挤出了丝丝裂缝，几缕光线从裂缝中漏下，射入这片浓稠的黑暗之中。

"这儿很安全，"摩格利站稳脚跟，说，"可惜太远了，我们没法天天来这儿玩。现在我们会看到什么？"

"难道我不值得一见吗？"洞穴中央传来一个声音，摩格利看见一团白白的东西在移动，越来越近，最后一条巨大的眼镜蛇挺直身子立在他眼前。他从未见过这么大的眼镜蛇。这条蛇几乎有八英尺长，眼睛像红宝石一样闪闪发亮。因为长期待于黑暗中，他通体上下都褪色了，变成发黄的象牙白,就连颈部展开的兜帽上原本绚丽壮观的花纹也褪成淡黄色。总之,他是摩格利见过的最威风凛凛的眼镜蛇。

"祝你打猎顺利。"摩格利握着那把从不离身的刀,客客气气地说。

"城市怎么样了?"白眼镜蛇没理他,自顾自地问道,"那座高墙围筑,拥有百余头象、数万匹战马和无数牛羊的伟大城市怎么样了?它的君王御下还统率着二十位国王。我困居此地多时,久已不闻外界的战鼓声。"

"我们的头顶上是密密的丛林,"摩格利回答道,"大象里面,我只认识哈蒂和他的儿子们,而巴希拉干掉了一个村子的马。还有,国王是什么东西?

"我跟你说了,"卡阿温柔地对眼镜蛇说,"四个月前我就告诉过你,你的城市已经不在了。"

"这座立在森林中的伟大城市,国王的塔楼层层拱卫它的城门,它绝不会灭亡。它历经风雨,早在我爷爷出生前便已矗立在此,直到我的孙子变得像我这般年迈也不会消失。叶伽苏里的儿子唯耶伽,唯耶伽的儿子钱德拉比伽,钱德拉比伽的儿子萨罗迪在巴帕·拉瓦尔时代修筑了这座城池,它绝不会消失。你是谁家的牲畜?"

"我毫无头绪,"摩格利转向卡阿道,"我听不懂他在说什么。"

"我也听不懂。他很老了。眼镜蛇之父,这儿只有森林,从一开始就是这样。"

"那么他是谁?"白眼镜蛇问道,"他毫无畏惧地坐在我面前,不知道国王的名字,从他的嘴里吐出我们蛇的语言?这个会说蛇语的佩刀人是谁?"

"他们叫我摩格利,"摩格利神色坦然地说,"我是这丛林的一员,我来自丛林。狼是我的族民,这位卡阿是我的兄弟。眼镜蛇之父,您是谁?"

"我为国王看守财富。当我的皮肤还是黑色时,库伦拉贾修建了我头顶的这座石窟,谁敢觊觎这些财宝我就会让他尝尝死亡的滋味。他们将金银珠宝从这洞口倒下来,我还听到我的主人们——那些婆罗门①的歌声。"

"嗯,"摩格利嘟囔着,"我已经和一个婆罗门打过交道了,这些我都懂。很快邪恶就会来了。"

---

① 婆罗门,印度最高级的种姓,是祭司和学者的阶级。

"我守护此地这么多年,这块石头只被抬起来五次。每一次只会落下更多的财宝,从没有财宝从这儿取走。去哪儿都找不到这么多的财宝,这是一百多位国王积累的财富。可是距离上次石头移开的时间已经过去很久很久了,我想我的城市或许已经忘了这儿。"

"这儿没有城市。你往上看,那些是撑裂石头的大树根。大树和人类不会共生。"卡阿毫不让步。

"有两三次,人类找到这儿来了。"白眼镜蛇恶狠狠地说,"他们一声不吭,直到他们在黑暗中摸到了我,他们痛苦地喊上几句就没声音了。你们带着谎言来到这里,一个人和一条蛇,还想骗我,让我相信我的城市已经灭亡,我的使命也已经结束。这么多年过去了,人类一点都没变,还是这么狡猾。可我也绝不会变。除非我头上的石块被移走,婆罗门们唱着我熟悉的歌,走下来给我喂热牛奶,并将我带回日光下。我——我——我,不是别人,是国王财宝的守卫。你说城市已经灭亡,这儿全都是树根?那么,弯下腰随便捡吧,把你想要的都带走。哪儿都找不到这些财宝!会说蛇语的人类,如果你能像刚才进来那样活着走出去,那些弱小的国王将成为你的仆人。"

"我还是毫无头绪,"摩格利疑惑地说,"豺狗能钻这么深,还咬到了这条大白兜帽?他一定是疯了。眼镜蛇之父,我不知道这儿有什么值得拿走的。"

"以太阳之神和月亮之神的名义发誓,这孩子一定是疯了!"眼镜蛇愤怒地说,"在你死之前,我很愿意给你这个恩典。睁开眼睛,好好看看这些你从没见过的东西吧!"

"这个丛林里,凡是敢对我摩格利说赏赐我,给我恩典的,全都没有好下场。"男孩冷冷地从嘴里吐出这句话,"不过我知道,在这种暗无天日的地方待久了,谁都会变。我会好好看的,如果这会让你高兴的话。"

他瞪大眼睛,仔细地打量着这个洞穴,然后从地上抓起一把闪闪发光的东西。

"哦,"他说,"这玩意儿就像我待在人群时见过的他们玩的东西。只不过它们的颜色不同,这些是黄的,他们玩的是棕色的。"

他丢下那些金色的东西便继续往前走。只见洞穴地上堆的金币和银币足足有五六英尺高。装硬币的麻袋碎了,硬币滚得满地都是。年复一年，这些硬币就像退潮时的沙堆，层层叠叠垒在一起。一些贴着精美的金银箔片、镶嵌着各色华丽宝石的象轿胡乱地散落在这些硬币中，有的还半埋在金币中，像是被吹上沙滩掩埋其中的沉船残骸。这儿还有女王乘坐的软轿和肩舆，轿舆有银和珐琅制成的骨架，玉制的手柄和琥珀制成的窗环。金烛台的烛枝上悬挂着绿宝石，正在轻轻晃动。一些不知名的银制神像足足有五英尺高，神像的眼睛由闪烁的宝石制成。这里还有数不清的镶金铠甲，铠甲边缘坠下的珍珠流苏早已腐烂发黑；镶着一大串鸽血红宝石的头盔，表面镶着金片和祖母绿宝石、由玳瑁和犀牛皮做成的盾牌，一捆捆刀柄上镶满宝石的宝剑、匕首和猎刀。还有藏在地底从未见过天日的小祭坛，以及祭祀用的金碗和金勺。还有难以计数的玉杯、玉镯，以金子装饰的香炉、梳子，以及盛放香水、指甲花、眼影的瓶瓶罐罐，数不清的鼻环、臂镯、束发带、戒指、紧身褡，镶满方形钻石和红宝石的七指宽的腰带。包着铁皮的木箱，木头都快烂成粉末，露出里面一堆堆未经雕琢的红、黄、蓝、绿各色宝石。

　　白眼镜蛇说得没错，这里的宝贝花多少钱也买不到，它们是历经几个世纪的战争、掠夺、贸易和剥削才积累起来的。先不算那些数不胜数的宝石，光是这些加起来重达两三百吨的金币就已是无价之宝。现今印度的王公不管有多穷，私下里都藏了一大堆财宝，而且这笔财宝的数量还在不断增加；虽然偶尔某个开明的王公会用大量财宝去购买政府的债券，但他们大部分都对自己的宝藏守口如瓶。

不过这些宝藏意味着什么，摩格利自然不明白。一开始他对那些宝刀有点兴趣，后来他发现这些宝刀还不如自己的小刀好用，于是把它们全扔了。最后，他在一抬被金币埋了一半的象轿前发现了一个令他着迷的东西。这个东西约莫两英尺长，长得像一根带钩的蒿秆——这是一根驯象的刺棒。刺棒顶端饰有一块闪闪发亮的球形红宝石，宝石下方长达八英尺的把手上镶满了天然绿松石，握起来手感舒适，不易打滑；绿松石的下端镶着一个花朵形状的玉环，叶子由祖母绿雕刻而成，摸上去凉意沁人，花朵则是镶嵌在祖母绿上的一颗颗红宝石。刺棒剩下的部分由象牙制成，末端是鎏金的钢制钩子，上面刻有捕象的图案。摩格利被这些图案深深吸引，他觉得这些画和他的朋友哈蒂似乎有点关系。

白眼镜蛇一直紧紧地跟在摩格利身后。

"如果能拥有这些东西，岂不是死了也值得吗？"他开口道，"难道我不是给了你天大的恩惠吗？"

"我不明白你说的话，"摩格利说，"这些东西又硬又冷，而且一点也不好吃。不过这个——"他举起那根刺棒，"我想把它带走，拿到阳光下好好看看。你说它们都是你的，你能把这个给我吗？我愿意用青蛙跟你交换。"

白眼镜蛇摇摇头，笑得相当邪恶："我一定会给你，这儿的一切我都能给你，只要你能活着离开这儿。"

"我现在就走。这个地方阴暗湿冷。嗯，我想把这个有尖刺的东西带回丛林。"

"看看你脚下！那是什么？"

摩格利捡起一个白色光滑的东西。"这是一个人的头骨，"他镇定地说，"这两块骨头也是。"

"多年前他们来到这儿，想拿走宝藏。我只是在黑暗中跟他们说了几句话，然后他们就永远地躺在那儿了。"

"我拿走这些宝藏有什么用呢？如果你能让我带走这个象钩，那么我这一趟就已经很有收获了。即便你不同意，我来这一趟也还是值得的。我不和有毒的蛇民起冲突,更何况它们还教给我蛇族的秘诀。"

"在这儿只有一个秘诀。只有我知道。"

卡阿气势汹汹地冲上前来,眼里凶光毕露。"是谁求着我把人带过来的?"他吐着信子嘶嘶地说。

"没错,就是我!"老眼镜蛇口齿不清,"我已经很久没见过人了,况且这个人还会说我们的话。"

"那会儿我们可没说到杀人。你要是杀了他,我回去怎么跟大伙交代,难道让他们说是我害死了他吗?"

"时机不到我自然不会提杀人这事。走不走随便你,那边墙上有个洞,你可以去那儿待着。现在,闭嘴,你这条吃猴子的胖蛇。否则我就要咬断你的脖子,让你从森林中消失。从来没有人能从这里活着离开。我可是守护国王这座城市的宝藏的守卫。"

"你这条活在黑暗中的白虫子,我说了,这儿没有国王也没有城市!这个丛林里只有我们!"卡阿愤怒地喊。

"这里还有宝藏呢。这事儿可以做。少安毋躁,蟒蛇卡阿,让这个孩子在这儿玩玩吧。这儿这么大,有的是地方让他跑一会儿。生命是美好的。快跑起来吧!好好玩,孩子!"

摩格利静静地摩挲着卡阿的脑袋,安抚这条愤怒的蟒蛇。

"那个白兜帽一直和来自人群的人类打交道。他并不了解我,"他在卡阿身旁低语,"既然他要求,那就让他看看我的本事吧。"摩格利刚刚一直手持象钩站在那儿,这会儿象钩被他一抬手飞快地扔了出去,斜着掠过大蛇的白兜帽,将他牢牢钉在地上。白蛇疼得疯狂乱扭。就在这电光石火的瞬间,卡阿以迅雷般的速度猛扑过去,将白蛇死死地压在自己身下。动弹不得的白蛇拼命地摇晃着足有六英尺宽的大脑袋,左右挣扎,愤怒的红眼睛简直能喷出火来。

"干掉他!"卡阿冲着正在摸刀的摩格利大喊。

"不,"摩格利慢慢地抽出刀子,"我绝不会乱开杀戒了。好好看着,卡阿。"他绕到白蛇身后,揪住他的脑袋,用刀撬开他的嘴,露出上颚那几颗可怕的毒牙。白蛇的年纪实在太大了,他的毒牙早已萎缩发黑,不能再分泌毒液了。

"苏乌①(已经干枯了)。"摩格利挥挥手,示意卡阿从眼镜

---

① "苏乌"的字面义是"腐烂的树墩"。

蛇身上下来。然后他拔起象钩，放了眼镜蛇。

"你得为国王的宝藏寻找一名新守卫了，"他一脸严肃地说，"苏乌，你可没有忠于职守啊！快跑起来吧，好好玩玩，苏乌。"

"真丢人！你杀了我吧！"眼镜蛇歇斯底里地说。

"'杀'这个字我们已经说太多次了。我们现在就走。我会带走这个有尖刺的东西，苏乌，因为我打败了你。"

"到时让我们看看，这个东西最后会不会杀了你。这是死亡！记住，这是死亡！这个东西威力巨大，能杀死这个城市里所有的人。森林里来的人，不管是你夺走了它，还是别人从你那儿把它夺走，谁都别想一直拥有着它。人们会因为它大开杀戒，杀个不停。我虽然失去了威力，可安克斯会完成我的使命。死亡！死亡！它就是死亡！"

摩格利再次穿过那个洞口，爬回走廊，离开前他回头看了眼镜蛇最后一眼。愤怒的白色眼镜蛇盘踞在洞口处横七竖八躺了一地的金色神像上，用他那早已无法分泌毒液的牙齿疯狂地噬咬神像们呆滞木然的脸，嘴里一迭声地说着："它就是死亡。"

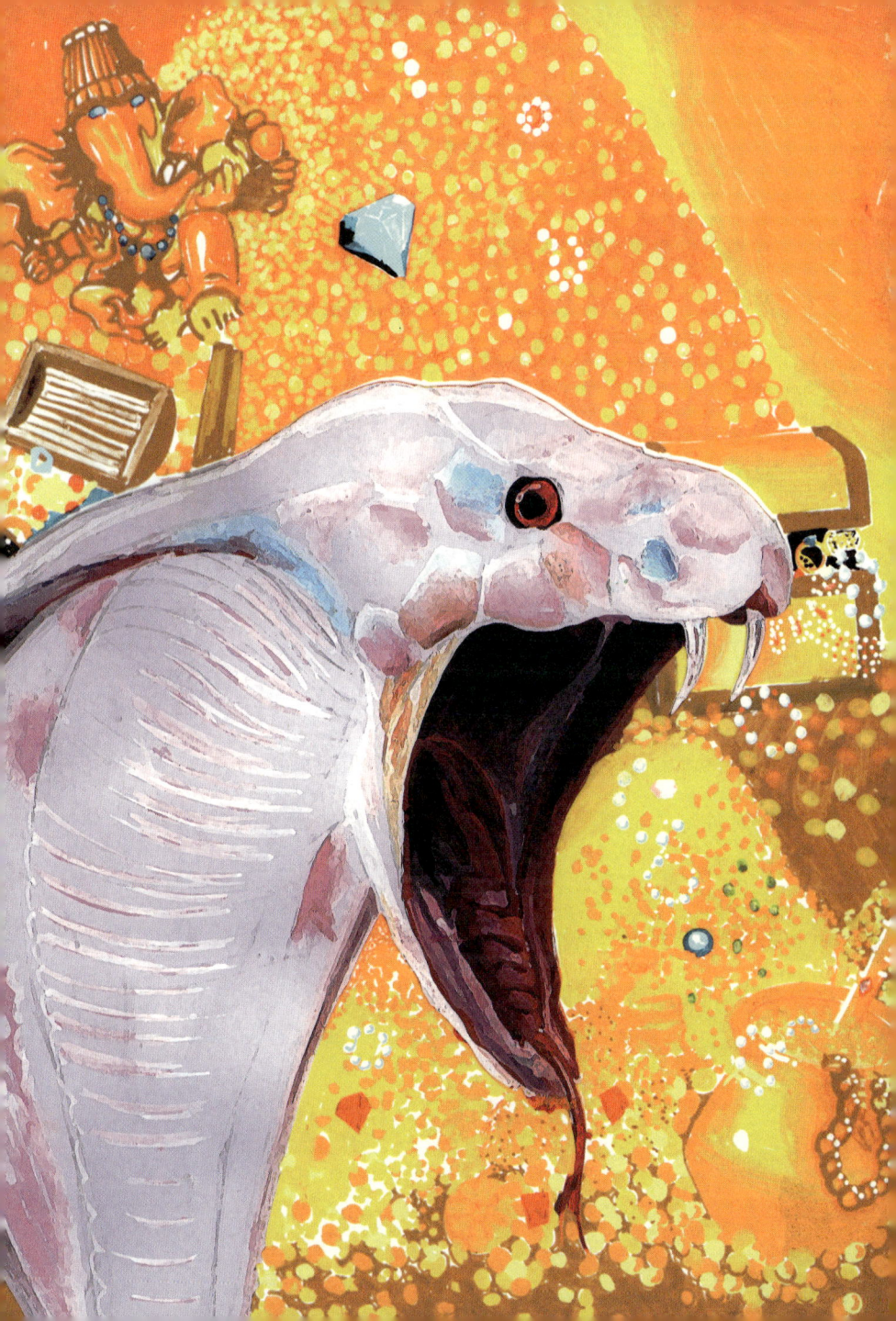

再次回到日头底下,摩格利和卡阿心里快活极了。他们回到自己熟悉的森林,摩格利迎着晨曦,兴奋地举起闪耀生辉的象钩,开心得像是采到一束可以插进头发里的鲜花。

"就算跟巴希拉明亮的眼睛相比,这个亮闪闪的东西也毫不逊色。"摩格利转动象钩,盯着宝石开心地说,"我要让巴希拉看看。不过苏乌说的死亡到底怎么回事呢?"

"我也说不清。不管是在地面上还是地底下,冷穴那儿处处都充满了邪恶。这会儿我饿了。天亮了,你要和我一块去打猎吗?"卡阿问道。

"不,我得让巴希拉看看这玩意。祝你打猎顺利!"摩格利挥舞着那支巨大的象钩,蹦蹦跳跳地离开了。一路上他不时驻足,细细把玩手中的象钩。当他来到巴希拉常待的那片森林,看见饱餐后的豹子正在喝水。摩格利把这次探险的经过从头到尾一点不漏地告诉巴希拉,黑豹边听边不时闻闻象钩。当摩格利说到白色眼镜蛇最后说的话时,巴希拉赞许地咕哝个不停。

"那么白兜帽说的话到底是怎么回事呢?"摩格利赶紧追问。

"我出生于乌代浦的国王兽笼中,我自然知道自己对人类还是有所了解的。许多人仅仅因为一块红宝石,会杀死好多人。"

"可这块石头拿在手上真沉啊!还不如我的小刀轻便呢!再说了,你看,这块红石头也不能吃,他们干吗要为这个杀人呢?"

"摩格利,去睡吧。你曾经跟人类生活过,而且——"

"我记得,人类杀戮不是为了猎物,而是因为他们闲得无聊,想找点乐子。醒醒啊,巴希拉。这个有尖刺的东西做出来有什么用处呢?"

巴希拉半睁着眼睛,眼里闪动着邪恶的光——他已经昏昏欲睡了:"人类做这个是为了把它刺进哈蒂儿子们的脑袋,让他们头上喷出血来。我曾经在乌代浦的街头见过这场面,就在我们笼子前。这东西已经尝过许多哈蒂同胞的血。"

"可他干吗要把这东西戳进大象的脑袋呢?"

"好让他们学会人类的法则啊。人类没有尖牙利齿,他们就做了这些东西——还有比这更糟的。"

"只要我一走近人类,就会发生流血的事,哪怕只是接近他们制作的东西也一样。"摩格利一脸嫌恶地说,沉重的象钩让他心生厌倦,"早知如此,我就不会带走它了。先是皮带上留下梅苏亚的血,现在是这玩意上留下哈蒂的血。我再也不会用它了。看!"

象钩飞了出去,在阳光下熠熠生辉,尖钩朝下落入了五十码开外的树林中。"这样我的双手就摆脱了死亡。"摩格利边说边在新鲜潮湿的泥地上擦擦手,"苏鸟说死亡会跟着我。他真是又老又白又疯癫。"

"管他是黑还是白,是死还是活,我要睡觉了,小兄弟。我可不像有些人,前一晚捕完猎,第二天还能有精力接着嚎。"

巴希拉起身前往两英里外的一个洞穴,这是他找的用来捕猎的洞穴。摩格利不想那么麻烦,于是他就近找了一棵树,三两下工夫就用几根爬藤在离地五十英尺的高空编出一张吊床。他并不讨厌白天强烈的日光,但他按照朋友们的习惯,尽量不在白天活动。当住在树上那些兽民的吵闹声将他从扔石子的美梦中惊醒时,天色已近黄昏。

"至少我得再好好看看那玩意。"他嘴里嘀咕着,顺着一根藤条滑落地面。巴希拉早已抢先一步。摩格利听到他在昏暗的光线里嗅来嗅去。

"那个尖东西哪儿去了?"摩格利喊道。

"有个人把它拿走了。这是他的脚印。"

"现在我们要看看苏乌说的是不是真的。如果那个尖东西是死亡,那个人就会死。我们跟着他去吧。"

"先去吃点东西,"巴希拉说,"空着肚子,眼睛也不好使。人总是走得很慢,而且森林里这么潮湿,一点痕迹都漏不掉。"

他们用最快的速度捕完猎。可等他们吃饱喝足,全力以赴再去追踪脚印时,早已过去三个小时了。不过丛林兽民都知道,在丛林里没什么事比填饱肚子更要紧。

"你认为尖东西落到那个人手上会杀了他吗?"摩格利问,"苏乌说它是死亡。"

"我们找到他就知道了,"巴希拉低着头向前疾奔,"这里只有一行脚印(他是指只有一个人),而且这个东西很重,他踩在地上的脚印很深。"

"嗨！这个脚印这么清楚，谁不知道。"摩格利随声附和。他们跟着这双赤脚的脚印，在忽明忽暗的月光下一路小跑。

"从这儿开始他跑快了，"摩格利惊讶地说，"你看他的脚趾分开了。"他们跟着脚印在潮湿的地面上又走了一段路，"可他为什么在这儿转弯了？"

"等等！"巴希拉说着向前使劲跳了一大步，"要是看不清脚印，你得先往前蹦远一点，免得把自己的脚印留在原地，这会让你更糊涂。"巴希拉落地时转了个身，面朝摩格利大喊道，"这儿还有另外一串脚印跟他的脚印在一起。这串脚印小一点，脚趾是向内的。"

摩格利跑上前去仔细查看。"这是一个贡德猎人的脚印，"他说，"你看！这儿是他拖着弓走过草地时留下的痕迹。这就是为什么第一串脚印这么快就转弯了。大脚板躲着小脚板。"

"不错。"巴希拉说，"小心别弄乱了他们的脚印，我们分开追。我追大脚板，小兄弟，你来追小脚的贡德人。"

巴希拉跳回原来的脚印处，摩格利还待在原地。他弯下腰仔细打量丛林小野人留下的那串奇特的脚印。

"现在,"巴希拉沿着那行足迹一步步向前移动,"我,大脚板,在这儿转弯了。我躲在岩石后面,一动也不敢动。说说你的脚印吧,小兄弟。"

"现在我,小脚板,来到岩石旁。"摩格利一路追着他追踪的那串脚印往前,"现在我坐在岩石上,右手支着身子,我的弓放在两脚之间。我在这儿待了很久,因为这儿留下的脚印很深。"

"我也一样。"巴希拉躲在岩石后面说,"我在等待,这个带尖刺的东西尾端靠在石头上,滑下来了,在岩石上留下了一道划痕。说说你的脚印吧,小兄弟。"

"这儿断了一根大树干和一两根小树枝,"摩格利低声轻语,"现在,我该怎么说呢?啊!明白了。我,小脚印,故意大踏步地离开这儿,发出许多声音,让大脚板以为我离开了。"他起身离开岩石,一步步走进树林。当他走近远处的一个小瀑布时,他抬高了声音喊道:"我——走——远——了——这儿——瀑布——的——哗哗声——盖住了——我——的——脚步声。然后——我——待在——这儿。说说你的脚印吧,巴希拉,大脚板!"

黑豹一直在观察岩石的四周,想看看大脚板的脚印离开后去了哪里。然后他开口说道:"我拖着那个带尖刺的东西,跪着从岩石后出来。我发现四下无人,于是跑了起来。我,大脚板,跑得飞快。这串脚印清清楚楚。我们分开跟着各自的脚印走吧。我走了!"

巴希拉沿着那行清晰的脚印疾风般向前飞奔,摩格利则跟着贡德人的脚印走。他们光顾着低头赶路,丛林一度陷入沉默。

"你在哪儿?小脚板。"巴希拉大喊道。他听到摩格利在他右侧不到五十码的地方答应了一声。

"嗯!"巴希拉重重地咳嗽一声,说,"他们俩同向而行,越来越近。"

他们又跑了半英里,始终保持着相同的距离,最后摩格利——他不像巴希拉那样,头低得简直快俯到地上了——喊了起来:"他们碰头了。祝你打猎顺利——你看!这儿站着小脚板,他单腿跪在岩石上——那儿是大脚板!"

在他们前面不到十码的地方,一具尸体横躺在一堆破碎的岩石上,那是这儿附近的一个村民。一支细长的短羽箭刺穿了他的后背和前胸。

"苏乌是这么年迈而疯狂吗,小兄弟?"巴希拉轻声说,"至少,这儿已经死了一个人。"

"接着追。但是喝大象血的那个东西,那个红眼尖刺去哪儿了?"

"或许是小脚板拿到了它。现在又变成一行脚印了。"

两位追踪者锐利的目光审视着这串清晰得像是刚烙在地上的脚印。这串脚印的主人身材瘦小,左肩还扛着重物,步履匆匆。脚印穿过一片低矮坚硬的干枯草地,继续向前延伸。

他俩一路无言,跟着脚印来到一个涧谷,然后在一堆早已灭为灰烬的篝火前停下脚步。

"这儿又死了一个!"巴希拉的身子像石化了一般,猛然一滞。

地上躺着一个干瘪瘦小的贡德人,一只脚落在灰烬里。巴希拉疑惑地盯着摩格利。

"这次是用一根竹竿杀的。"男孩瞟了一眼,干脆地说,"我为人类放牛时,就在水牛身上用过这玩意。眼镜蛇之父——我真后悔当时嘲笑他——太了解人类了,我早该知道。我不是早就说过了吗?人杀人就是因为闲得慌!"

"确实,他们为了红石头和蓝石头杀人。"巴希拉答道,"你还记得吗?我可是曾经被关在乌代浦的国王笼子里。"

"一,二,三,四。四对脚印。"摩格利弯下腰,仔细查看那团灰烬,他有了新的发现,"这四个人都穿了鞋子。他们没有贡德人走得快。这个小个子樵夫到底对他们干了什么坏事?你看,樵夫死之前,他们五个还站在一起说话呢。巴希拉,我们回去吧。我觉得胃里沉甸甸的,还在不停地翻滚。"

"打猎不能半途而废。接着追!"黑豹说,"这四个人还没走远。"

接下来整整一个小时里,他们一句话也没说,埋头追踪那四个人的足迹。

此时已是烈日炎炎。巴希拉突然开口了:"我闻到了烟味。"

"比起赶路,人类总是更急着吃饭。"摩格利疾步如飞,穿行在一片片低矮的灌木丛中,这片林子他们从未来过。巴希拉走在他的左边,喉中突然发出一个古怪的声音。

"这一个是在吃东西时死的!"他吃惊地说。一个衣着鲜艳的人歪歪扭扭地躺在一堆灌木丛旁,四周撒了一摊面粉。

"还是那根竹竿干的好事!"摩格利说,"看!那些白灰就是人吃的东西。他们杀了这个人——他随身携带着他们的食物——让他成了鸢鹰契尔的猎物。"

"这是第三个丧命的人了。"巴希拉说。

"我要送些鲜美的大青蛙给眼镜蛇之父,把他喂得肥肥胖胖,"摩格利喃喃自语,"这个专喝大象血的东西就是死亡。可我还是不明白!"

"追上去!"巴希拉说。

还没走到半英里,他们就听到乌鸦高站在怪柳树顶上唱着一首死亡之歌。他的脚下躺着三个人。在他们围成的圈子中央,一堆半灭的篝火正冒着青烟。火上架着一个铜盘,盘里装着一块烤得焦黑的面饼。火堆旁躺着的正是那支镶着红宝石和绿松石的象钩,它在阳光下闪烁着耀眼的光芒。

春日的奔跑

年复一年过去了,狼爸狼妈去世了,巴鲁年事已高,老得不行。在一次红豺的袭击中,阿克拉为保护狼群,英勇战斗,牺牲了自己。

在狼群与红豺群展开生死决斗,阿克拉为此牺牲后的第二年,摩格利差不多有十七岁了。动得多,吃得好,要是觉得热了或脏了就去洗澡,这些习惯让摩格利身强体壮,看上去比他的实际年龄更加成熟健壮。如果需要侦察树顶的道路,他能单手在树上一次荡悠半个小时;他能徒手制住奔跑中的野牛,揪着它的脑袋将它甩到一边。他甚至能一把掀翻生活在北方沼泽里的蓝色大野猪。兽民们原本只是畏惧他的智慧,现在对他的力气竟也惧怕起来。摩格利步履轻盈地穿行于丛林，只要听到他的一星半点动静，鸟兽虫鱼都纷纷闪避。然而，摩格利的眼神总是很温和，即使在搏斗中，他也不会像巴希拉那样目露凶光，反倒越发显得兴致盎然。这一点让巴希拉顶想不明白。

他问过摩格利，男孩笑着说："每次我捕猎失手都会生气。一想到接下来两天我都要饿肚子，我就更生气了。这时候我的眼睛难道没透露出这些情绪吗？"

"嘴巴虽然饿。"巴希拉说，"眼睛却没什么表示。不论你在打猎、进食，还是游泳，你都一如既往——就像一块石头，无论天气干燥或潮湿，毫无变化。"摩格利透过长长的睫毛，懒洋洋地望着巴希拉。像往常一样，豹子又垂下了头。巴希拉知道谁才能令他臣服。

这会儿他们正躺在高高的山坡上，这儿能俯瞰远处的韦恩根格河。缕缕晨雾如青纱般飘荡在他们脚下。太阳升起来了，云雾滚滚翻腾，变成一片金色和红色的海洋，从云缝中漏出道道金光，落在摩格利和巴希拉休息的那片干枯草地上。寒冷的冬季已近尾声，草木枯萎凋零，瑟瑟寒风不时吹过丛林。一片残叶没头没脑地拍击着枯枝，像是被困在寒风的旋涡中无法脱身。啪啪的击打声让巴希拉兴奋起来,他使劲嗅了嗅凛冽的晨风,不由重重地咳了一声,然后他仰面躺下,用自己的前爪不停地叩击头顶的小树叶。

"时光流转,"他感叹道,"丛林也随之变化。唱新歌的时节快到了。那片树叶知道。太棒了。"

"草还枯着呢,"摩格利顺手拔起一簇草说,"就连春之眼(一种开在草地上的小红花,状如喇叭,质地光滑如蜡),就连春之眼都还没开呢……喂,巴希拉,身为黑豹,你却像只爬树的猫一样仰面躺着,用爪子拍打空气,这样好吗?"

"嗷呜!"巴希拉叫了一声,看上去心不在焉。

"我说,一只黑豹这么张嘴乱叫,满地打滚的好吗?记着,你和我,我们可是丛林之主呢!"

"没错,是的!我听着呢,人崽!"巴希拉从地上一骨碌翻身坐起来,瘦骨伶仃的身子上沾满了浮尘(他正处在脱毛期,看上去瘦骨嶙峋),"我们当然是丛林之主!谁能有摩格利强壮?谁能有摩格利聪明呢?"他拉长声音慢条斯理地说,听上去煞是奇怪。摩格利忍不住转头去看黑豹,想看

他是不是在故意嘲弄自己。要知道丛林里可不乏这种口是心非的话。"我说了,我们肯定是这丛林的主人,"巴希拉又说了一遍,"我做错了什么?我不知道人崽竟然没躺在地上了。他飞了吗?"

摩格利坐起身,两肘撑在膝盖上,在晨光中远远地望向对面山谷。山下的林子里传来鸟儿低沉刺耳的鸣叫,想是为了春日的欢歌而初试啼声。不过他就算扯开嗓子,也只发出断断续续的啼鸣。不过摩格利还是听见了。

"我刚说了,发新声的时节到了。"黑豹摇着尾巴低吼道。

"我听见了。"摩格利说,"巴希拉,你为什么全身发抖?太阳很暖和啊!"

"那是费劳,红啄木鸟。"巴希拉说,"他还没忘了他的歌呢。现在我也得温习一下我的歌。"接着他开始自顾自呼噜噜地哼唱起来,唱到不满意的地方就从头再来。

"现在又不是在打猎。"摩格利懒洋洋地说。

"小兄弟,难道你两只耳朵都塞住了吗?这不是捕猎的歌谣,而是我为了不时之需的歌。"

"我早忘了。我该记得，一到发新声的时节，你和他们就会从我身边跑走，剩下我一个人孤零零的。"摩格利气狠狠地说。

"可是，说实在的，小兄弟，"巴希拉期期艾艾地说，"我们并不是老——"

"我说了，你就是。"摩格利猛地伸出食指，愤愤地指向巴希拉，"你就是跑走了。而我，丛林之主，只能独自行动。去年发生什么了？我想从人类庄稼地里采些甘蔗，那晚，我派了一位跑步健将——就是你——去找哈蒂，让他来用鼻子帮我拔甘蔗。"

"他只是晚到了两个晚上，"巴希拉心虚地往后缩了缩身子，"而且看你那么喜欢吃甘蔗，他也帮你拔了一大堆，多得你一整个雨季都啃不完！这是他的错，可不能怪我。"

"我让你送信去的那晚他没来，他扬起鼻子在山谷里四处乱跑，大喊大叫。他留下的脚印又多又乱，简直像是他三个儿子留下的，因为他没有藏在树林里。他踩着月光在人类的房子前跳舞。我都看见他了，可他还是不到我跟前来。我可是丛林之主呢！"

"那是发新声的季节。"黑豹的态度一如既往谦卑,"也许,小兄弟,那次你没用丛林秘诀召唤他?你听,费劳在唱歌。"

说完这些,摩格利的坏脾气似乎已不翼而飞。他把头枕在手臂上,闭上眼睛又躺了下去。"我不知道,我也不关心,"他睡眼惺忪地说,"我们睡一下吧。巴希拉,我肚子胀得很,让我的脑袋好好休息一会儿吧。"

豹子叹了口气,也跟着躺下了。他睡不着,因为他能听到费劳正在反复练习他春季的新声音,他们都是这么说的。

印度丛林中的四季更迭似乎并不明显,这儿好像只有两个季节——旱季和雨季。可只要你仔细观察,透过团团烟尘和倾盆大雨,你会发现四季的轮转井然有序。在这儿,春天是最美好的季节——它先把那些刚熬过暖冬的枯枝残叶清扫一空,让绿叶鲜花覆盖整个森林,让斑驳衰败的大地焕然一新。春天如此擅长让丛林恢复生机,哪里的春天都不如丛林里的春天这般美妙。

不知道为什么,春天来临前,万物颓然萎靡,空气闻上去沉重浑浊。转眼间春天来了——虽然看上去一切景象依然如故——所有的气息却突然变得清新可人。丛林兽民的须毛从根部开始动摇，冬季里紧紧裹住他们的身体用来御寒的厚重长毛纷纷脱落。接着，天空中也许会下起一场小雨，丛林中所有的大树、灌木、竹子、苔藓，以及那些叶嫩多汁的植物突然苏醒了，它们齐刷刷地拼命生长，快得你能听到生长的声音。除此之外，你还能听到一个低沉的嗡嗡声不分昼夜地奏响。这是春的声音——这个颤动的乐声既不是蜂鸣，也不是瀑布的水流声，更不是拂过树梢的风声，它是这个温暖而欢快的世界发出的吟唱。

就在去年，摩格利还在为季节变化而满心欢喜。他总是最先发现草丛中藏匿的第一朵"春之眼"，也总是最先看到春天的第一片云彩——这些形状独特的云彩在森林以外的其他地方可见不到。星光照耀下，所有鲜花盛放的潮湿之地都能听到他的声音。他跟着大青蛙们齐声欢唱，他嘲笑那些倒挂在树上的小猫头鹰在月明之夜整晚咕咕乱叫。和他所有的臣民一样，春天是摩格利在丛林中尽情奔跑的季节——他开心地在暖风中奔跑，有时他撒开腿一整晚能跑上好几十英里，然后他头顶奇花异草扎成的花环，气喘吁吁地大笑着跑回来。不过他的四个狼兄弟不会跟他一起在荒野里撒欢，他们忙着和别的狼一起歌唱。春天的丛林兽民忙碌非常，摩格利能听到他们发出各种哼哼唧唧、高低不一的叫声。这个时候，他们的声音和其他时节的不一样，这也是春天被称为发新声的季节的原因之一。

可是这个春天，正如他跟巴希拉说的那样，他觉得自己心里沉甸甸的。自从棕色的竹笋开始星星点点地冒出来，他就一直盼望着全是新鲜气息的春天的来临。这一天终于来了。清晨，孔雀摩尔浑身闪耀着五彩斑斓的光芒，沿着迷雾缭绕的丛林小径大声喊叫，昭告春天的降临。这时摩格利也张开嘴，想大声回应春天的呼喊，可是他觉得自己的声音卡在牙齿缝里。一种不痛快的感觉从他的脚趾间一直升到头顶。于是他从头到脚打量着自己，想看看是不是哪里扎进了棘刺。摩尔正为这新鲜的气息快乐地放声大叫，其他的鸟儿也随声附和，齐齐奏出婉转的旋律。摩格利听到从韦恩根格河畔的石堆里传来巴希拉的嘶吼，这声音介于鹰啸和马嘶之间。大树的枝干上萌发出点点新绿，枝丫之间的班达罗戈尖叫着四处奔跑，摩格利立在树下，体内涌动翻滚的呼应声似乎呼之欲出，可这股躁闷之情却让他张开嘴，发出一声声短促的叹息。

他睁大眼睛，只看见猴子们一边冲他挤眉弄眼，一边在树上荡来荡去。下方的斜坡上，摩尔正展开他绚丽多彩的尾羽翩翩起舞。

"空气的味道已经变了，"摩尔尖叫着，"祝你打猎顺利，小兄弟。你怎么不回答呢？"

"小兄弟，祝你打猎顺利！"鸢鹰契尔和他的伴侣呼啸着双双盘旋而下，紧贴着摩格利的鼻尖飞过去。他们跟摩格利挨得那么近，一小撮毛茸茸的白色羽毛差点拂过他的脸庞。

蒙蒙细雨飘落，淅淅沥沥地落在半英里宽的一片丛林里，大家管这种小雨叫象雨。雨过之处，被淋湿的新叶不住地颤动。雨停了，天边出现一道双层彩虹，远远传来轰隆隆的雷声。此刻，春日的轰鸣猛然奏响，转眼却又恢复沉寂。可所有的丛林兽民似乎已在那一瞬间同时发出了呼喊。只有摩格利没有出声。

"我一直吃的是好东西，"他喃喃自语，"喝的也是干净的水，我的喉咙既不痛也没哽住。不像上次，乌龟欧骗我尝了一口长着蓝色斑点的树根，害我当时喉咙疼得没法说话。可现在我心情沉重，我还无缘无故地冲巴希拉和其他兽民发脾气，他们可都是丛林的子民，我的子民。现在我的身子一会儿冷一会儿热，好不容易恢复正常，又没头没脑地憋了满肚子闷气。呼呼！是时候去跑跑了！今晚，我要穿越丛林。没错，我要来一次春日长跑，一直跑到北边的沼泽地再折回来。这段时间打猎太顺利了，我都长胖了。他们四个也要跟我一起去，他们现在都快变成白白胖胖的大肥蛆了。"

摩格利呼喊着四个狼兄弟，可是没有一个回应他。他们跑得太远，听不见摩格利的呼唤。再说他们正忙着和别的狼反复吟唱那些关于月亮和公鹿的春之歌呢。春天里，丛林兽民不分昼夜地忙碌着。摩格利气得厉声大叫，却只听到山猫发出嘲讽的喵喵声。这只浑身长满斑点的小猫在枝丫间来回穿梭，搜寻着鸟窝。摩格利气得浑身发抖，猛地从刀鞘中抽出小刀。才拔了一半，他立马就意识到这个举动有失身份。于是他也不管周围空无一人，摆出一副盛气凌人的模样，抬起下巴，蹙起眉头，昂首阔步地往山坡下走去。可他这一路上遇到的丛林兽民没一个搭理他，大家都光顾着忙活自己的事。

"好吧！"摩格利悻悻地自言自语，虽然他也觉得自己这么做真是莫名其妙，"就让红豺从德干高原下来，或者让红花在竹林中舞动吧，到那时所有的丛林兽民都会哭哭啼啼地跑来求摩格利，说我是伟大的救世主。可现在，春之眼已经开花了，说实话，摩尔这会儿必定露出光秃秃的腿跳起春天的舞蹈，整个丛林都像塔巴奎一样发了疯……以赎买我的公牛发誓，我到底是不是丛林的主人？安静！你们在这儿干吗？"

两头年轻的狼正沿着小径一路慢跑，寻找一块可以决斗的空地（你可能还记得，"丛林法则"禁止狼在狼群看得见的地方打架）。他们脖颈上的毛根根直立，像铁丝一样坚硬。他们凶狠地对吼，愤怒地弓起背，准备开始搏斗。摩格利跳上前去，一手掐住一头狼的脖子，想把他俩向后扔出去。以往与狼群游戏或是外出打猎时，他常这么干；不过在春季决斗中，他还从未使过这一招。可是这两头狼猛地跳起来，将摩格利掀翻在旁，然后一声不吭地扭成一团，在地上翻来滚去。

落地之前，摩格利勉强站稳脚跟，他气得龇牙咧嘴，一把拔出小刀。虽然法则规定每头狼都有权决斗，但此刻他大可以二话不说就干掉这两个家伙，因为他们不听从命令，反倒坚持决斗。摩格利压低身子绕着两头狼上蹿下跳，握刀的手微微颤抖。他蓄势待发，只待首轮厮杀结束，他就要分别给他们俩致命一击。正当他准备伺机而动时，他突然觉得自己全身的力气像被抽离了一般，手中的尖刀也无力地低垂下去。他只得将刀插回刀鞘，静观其变。

"我一定是吃了毒药，"他暗暗思忖，"自从我用红花在会议岩大胜群狼，后来又干掉了谢尔汗，再没有哪头狼能将我轻易推开。更何况他们不过是狼群里的小喽啰。我的力气离开我了，我就快死了。哦，摩格利，你刚刚为什么不杀了他们俩？"

战斗仍在继续。最后，一头狼认输逃走，另一头狼也跟着离开了，只剩下摩格利孤零零地留在血迹斑斑、一塌糊涂的打斗现场。他呆呆地立在原处，一会儿看看刀，一会儿看看自己的胳膊和腿，一股他从未体会过的不悦之情像潮水一般将他紧紧包围。

　　那晚他提前打猎进食，不过为了晚上长跑时能有好状态，他吃得不多。其他所有的丛林兽民都在忙着唱歌或打架，他只能独自进食。这是个月明如昼的夜晚，这是大家说的月圆之夜。从早上到现在，丛林里所有的植物都长大了不少，简直像已经长了一个月。摩格利折断一截枯枝，惊讶地发现前一天只剩黄叶的树枝竟鲜嫩得能滴出汁液。地上长出厚厚的一层苔藓，卷曲的苔藓踩上去暖暖的；新长的嫩草叶片柔软，一点也不扎人。一轮满月高悬夜空——这是发新声时节的月亮，它似乎用一只无形的手拨动了琴弦，激起丛林中深沉激昂的合奏。月华如水，倾泻于岩石池塘之上，洒向林木藤葛之间，漫山遍野的新叶在清辉下泛出点点银光。尽管摩格利还是闷闷不乐，可当他大步流星地一路疾行时，却佯装开心地放声高歌。他挑的这条下坡路从密林深处一直蜿蜒向北，通往那里的沼泽地；松软的路面富有弹性，减轻了摩格利落脚时的冲力，让他步履格外轻盈。满月的清辉透过纵横交错的枝叶漏下来，小路上光影斑驳，让人眼花缭乱。若是从小接受人类训练的人走在这条路上必定会跌跌撞撞，可多年的丛林生活早让摩格利变得肌肉发达，身手敏捷。就算踩到一截朽木或一块石子，他也能不假思索地稳住身子，脚下分毫不乱。要是在地上走累了，他双手一抬，像猴子一般敏捷地抓住头顶垂下的藤蔓，轻轻地荡上树梢，沿着树顶道路前行。待到心情稍霁，他又会纵身一跃，穿过绿叶繁密的树枝，再次落回地面。潮乎乎的岩石罅缝里闷热难耐，夜间盛开的野花和藤葛上初绽的新蕾散发的浓香沉积在此，呛得摩格利透不过气来。月光穿过树荫，在阴暗的林间小道上投下一束束素洁的光芒，明暗交错的小径看上去就像教堂中整整齐齐地铺着方格大理石地砖的过道。一茬茬灌木丛高已及胸，新长的枝条像是伸出的手臂，环住他的腰。山顶遍地的碎石围成一顶桂冠，摩格利跃过一块块石头，惊起了在石洞中筑穴的小狐狸。有时摩格利听得到远处隐隐传来"咔嚓咔嚓"的声音，那是一头公猪正往树干上磨利它的獠牙；不一会儿他就会与这个大家伙不期而遇，只见这头猛兽正撕扯啃咬着红色的树皮，满嘴白沫，眼喷怒火。有时他听到身边传来巨角撞击、低吼嘶鸣之声，于是他侧身闪避，飞身掠过那一对正拼死恶斗的公鹿，他们低下头四角相抵，左右摇晃，身上流淌的条条血迹在月光下泛起乌亮的光。有时他奔过浅滩，听到鳄鱼贾卡拉发出公牛般的咆哮；有时他不小心惊起盘踞成团的毒蛇，又赶在他们发起攻击之前匆匆离去，跨过粼粼的石滩，再次进入密林深处。

摩格利就这样跑啊跑，他时而放声大喊，时而轻哼小曲，吟唱这一整晚他在丛林最快乐的经历。最后他闻到一股花香，这氤氲的香味提醒他，自己就快接近北边的沼泽，这儿早已远离他的猎场。

自小在人群中长大的人，在沼泽地里走上几步就会彻底陷入泥潭，可摩格利的脚像是长了眼睛。他看也不看，不假思索地在草丛上跳来跳去，稳稳当当地往前走。他一路径直地跑到沼泽中央，惊飞水里的野鸭，然后在污水中一段爬满苔藓的树干上坐下来。周围沼泽里的动物都被他惊醒了——春天鸟类睡眠很浅，他们总是整晚成群结队地飞来飞去。不过谁也没有注意到摩格利。他正坐在高高的芦苇丛中，哼着小曲，仔细地检查他那双坚硬的棕色大脚，想找出脚底不小心踩进的棘刺。他似乎已经把所有的烦闷抛诸身后，留在自己的丛林中。可当他开始唱起一曲新歌时，那种闷闷不乐的感觉再次向他袭来——比之前那次还要强烈十倍。更糟的是,这会儿月亮正在落下。

这次摩格利被吓坏了。"它也在这儿!"他失声喊起来,"它一直跟着我。"他转头往后望去,担心"它"正站在自己身后。"这儿一个人也没有。"沼泽地仍然一片嘈嘈切切,但没有一只鸟或一头兽跟他说话,这让摩格利觉得自己可怜极了。

"我一定是中毒了,"他自言自语,声音里饱含畏惧,"一定是我不小心吃了有毒的东西!我的力气渐渐消失了。两头狼决斗那会儿,我很害怕——害怕的其实并不是我,是摩格利。光是阿克拉,或者法奥,就能让他们安静下来,可摩格利却吓坏了。这一定是我中毒的表现……可丛林里的那些家伙在乎什么呢?他们光顾着唱歌、嚎叫、决斗,或者成群结队地在月光下奔跑,而我——嗨呀——我正在这沼泽地里等死,因为我中毒了。"因为自己的悲惨遭遇,他简直伤心得快要哭出来了。"在那之后,"他接着说,"他们会发现我躺在这潭污水中。不,我要回到我的丛林,我要死在会议岩上。而我爱的巴希拉,要是他那会没在山谷中乱叫,或许他能赶在契尔吃掉我的尸体前——就像他当时吃掉死去的阿克拉那样——再见上我最后一面。"

一大颗温热的泪珠滴落在他的膝上。虽然难过极了,可摩格利却为自己竟然会如此难过而感到开心,要是你能弄懂这种颠三倒四的逻辑,或许你能理解他。"就像鸢鹰契尔吃掉阿克拉一样,"摩格利又重复了一遍,"就在我从红豺嘴里拯救了狼群的那个晚上。"他安静了一会儿,回想着独狼死前留下的遗言,想必你也一定记得。"阿克拉临死前对我说了许多愚蠢的话,因为临死前我们会有不同的想法。他说……无论如何,我都属于丛林!"

一想起韦恩根格河畔的那场激战,摩格利不由得心潮澎湃,他大声喊出了阿克拉的遗言。芦苇丛中躺着的一头母水牛被这突如其来的喊声吓了一跳,喷着响鼻惊叫道:"人!"

"嗯!"野水牛马萨说(摩格利能听见他在泥潭里翻了个身),"那不是人。不过是西奥尼狼群那头没长毛的狼。他总是在这样的夜晚跑来跑去。"

"嗯!"母牛舒了口气,低下头继续吃草,"我还以为是人呢。"

"我说了不是。哦,摩格利,是有危险吗?"马萨哞哞地问。

"哦,摩格利,是有危险吗?"男孩学着马萨大声呼喊,"马萨只关心是不是有危险。可我摩格利夜间狩猎时一直在丛林里跑来跑去,你关心过吗?"

"他怎么叫得那么大声?"母牛惊讶地说。

"他们可不是得大声叫吗,"马萨不屑地回道,"他们能干什么,拔了草都不知道怎么下嘴。"

"才不是呢,"摩格利小声嘀咕着,"我才不是只有这么点本事呢。早几年前我就用刀把马萨从泥潭里捅出来,给他套上笼头,骑着他穿过了沼泽。"他伸手想折断一根软绵绵的草叶,却叹口气,缩回了手。马萨不紧不慢地反刍着胃里的食物和他从母牛那儿啃下来的长草叶。"我才不要死在这儿,"摩格利气呼呼地说,"马萨会嘲笑我,他跟鳄鱼和野猪一样卑贱。让我跑出沼泽地,看看会发生什么。我的春日长跑还从来没有过这样的经历——身上又冷又热。起来,摩格利。"

临走前,摩格利忍不住想捉弄一下马萨。他偷偷地穿过芦苇丛,用刀尖捅了捅这头湿淋淋的大公牛。受惊的马萨像只突然张开的贝壳,猛地从泥地里弹起来。摩格利开心地哈哈大笑,直到马萨气哼哼地坐回泥水中。

"承认吧!我这头西奥尼狼群里没毛的狼曾放牧过你,马萨!"摩格利喊道。

"狼!你是狼?"公牛怒气冲冲地在泥地里跺脚,"整个丛林都知道你不过是放牧那些脾气温和的黄牛的牧童——一个在远方庄稼地的尘土里大呼小叫的小人崽。现在的你属于丛林!有哪位猎人会像蛇一样偷偷地从蚂蟥身边爬过来,用一个下三滥的笑话——一个只有豺狗才会说的下流笑话,当着母牛的面来羞辱我?让我们上岸去,我会——我会……"马萨气得唾沫横飞,他的脾气在丛林里可是数一数二的坏。

眼看马萨气得直喘粗气,摩格利的眼神却丝毫未变。在四处飞溅的泥水中,他用不大不小的声音说:"沼泽附近哪儿有人类的窝呀,马萨?我对这片森林并不熟悉。"

"那就往北去,"公牛怒气冲冲地吼道,摩格利刚刚那

一下确实把他戳疼了,"只有你这种赤身裸体的放牛娃才会开这种玩笑。去吧,去沼泽旁的村子里找那些村民开这种玩笑吧。"

"人类可不喜欢丛林的玩笑,我也不觉得往你身上挠这么一下就值得狼群开会讨论,马萨。不过我会去看看这个村子。没错,我会去的。现在温柔点!你的主人可不是每天晚上都会来这里放牧你呢。"

他一步步走出松软的沼泽,心里很清楚马萨绝不会为此对他发起责难。他一边往前跑,一边回想着公牛刚刚怒气冲冲的样子,不由得哈哈大笑起来。

"我的力量还没完全丧失,"他自忖,"或许我中的毒还不是无药可救。那儿低悬着一颗星星。"他半合双手,透过指缝目不转睛地盯着那颗星星,"我以赎买我的那头公牛发誓,那是红花——之前我曾躺在红花旁——早在我第一次来西奥尼狼群前!既然我看到了红花,我就不必再跑了。"

沼泽的尽头是一片宽阔的平原,远远能看到那儿闪烁着一点灯光。摩格利有很久不曾关心过人类的行为,可今夜这忽明忽暗的红花像一个新的猎物,吸引着他向前。

"我要去看看,"他心中暗道,"我倒要去看看人类到底改变了多少。"

他忘了自己早已离开丛林,在这里他可不能任性妄为。他无所畏惧地穿过挂满露珠的草地,一直走到了灯光所在的茅屋前。三四条狗猖猖狂吠,原来他已经来到一个村庄旁边。

"嗬!"摩格利发出一声低沉的狼嚎,吓得几条野狗立刻闭上嘴。他悄无声息地坐下来。"该来的总会来,摩格利。你还来人住的地方干吗呢?"他揉揉嘴,想起许多年前另一群人驱逐他时,曾用一块石头砸中了这儿。

小屋的门开了,一个女人站在门口向夜色中张望。屋内传来一个孩子的哭声,女人转头说:"睡吧!不过是豺狗惊醒了这些狗。天很快就会亮了。"

躲在草丛中的摩格利像发烧一样,开始抖个不停。他太熟悉这个声音了,不过为了保险起见,他轻轻地呼喊起来。他很好奇自己会听到什么回应。

"梅苏亚!哦,梅苏亚!"

"谁在喊?"女人吃惊地说,声音微微颤抖。

"你忘了吗?"说这话时,摩格利嗓子发干。

"要真是你,我该喊你什么呢?说吧!"她虚掩上门,一只手紧紧地按在胸前。

"纳苏!哦,纳苏!"摩格利答道,你也知道,那是他第一次回到人类那儿时,梅苏亚给他取的名字。

"过来,我的儿子。"她呼唤着,于是摩格利从暗处走出,来到光亮中,静静地凝视着梅苏亚。这个女人曾待他极好,他也曾从人类手中救了她的性命,这都是很久以前的事了。现在她老了,头发也灰了,可她的眼睛和声音却丝毫未变。女人总对过去的事记忆深刻,梅苏亚也一样。她以为摩格利还是他当年离开时的那副模样,可眼前这个人让她吃了一惊。她一脸迷惑地抬起眼睛,迟疑地顺着摩格利的前胸从下往上打量着他。摩格利的个子已经高得快顶住门框了。

"我的儿子,"她瘫坐在他脚下,磕磕巴巴地说,"可你分明不是我儿子。你是个森林之神啊!天哪!"

他静静地立在油灯旁,红色的灯光照得他高大健壮,英俊潇洒。他头顶一个白色茉莉花扎成的花环,乌黑的长发垂过肩膀,胸前挂着的那把刀轻轻晃动。他这副模样很容易让人误认为是传说中的森林之神。睡意蒙眬的孩子一见到他,惊得尖叫着从小床上弹了起来。梅苏亚转过身去安抚他,摩格利却一动不动地站在原地,四下打量着屋里的水罐、炊具、谷仓和其他的人类物品。他发现自己依然能清晰地记起这些物件。

"你要来吃点东西,或是喝点东西吗?"梅苏亚低声问,"这儿的一切都属于你。连我们的命也是你的。不过你到底是我那个叫纳苏的孩子,还是个神呢?"

"我是纳苏,"摩格利坚定地说,"我远离自己的领地,看到这里有光就走过来了。我不知道原来你在这里。"

"我们到了坎希瓦纳后,"梅苏亚局促不安地说,"英国人本来准备帮我们对付那些想烧死我们的村民。你还记得吗?"

"当然,我一直没忘记。"

"可当我们按照英国律法准备好材料,再回到那些坏蛋住的村子时,却发现那个村子不见了。"

"这个我也记得。"摩格利轻哼了一声。

"我男人只得在这里开垦土地,不过他确实身强力壮,最后我们在这儿又有了一小块田地。虽然这儿的土地不如那个村子的土地肥沃,但我们也不需要太多——我们俩。"

"他呢——那天晚上吓得在地上挖洞的那个男人呢?"

"他死了——一年了。"

"那么,他呢?"摩格利指着小孩问。

"我儿子,两年前出生的。如果你是神灵,就赐予他森林的恩典吧,让他在你的臣民中能平安无虞,就像那晚我们穿越森林时一样安然无事。"

她抱起孩子,孩子忘了恐惧,伸出手来耍弄摩格利胸前挂着的那把刀。摩格利小心翼翼地把那些小手指拨开。

"如果你真是老虎带走的纳苏,"梅苏亚哽咽道,"那他就是你的亲弟弟。请你像哥哥一样祝福他吧。"

"嗨呀!我哪知道你说的那个'祝福'是什么?我既不是神灵,也不是他哥哥——哦,妈妈,妈妈,我心里真难受。"他浑身颤抖地放下了孩子。

"够了,不消说,"梅苏亚说着在灶台前忙个不停,"一定是因为你半夜在沼泽地里乱跑。你应该是受了寒,发烧得不轻。"听到这话,摩格利不禁笑了笑——梅苏亚竟然以为森林中有东西能够伤害到他。"我先来生个火,你得喝点热牛奶。把花环收起来吧,屋子太小了,茉莉花的味道太呛人了。"

摩格利坐下来,双手捂住脸,嘴里不停地嘀咕着。他的心里五味杂陈,头晕目眩又有点想吐,这感觉就像中毒。梅苏亚端来温热的牛奶,他一口气喝了下去。梅苏亚坐在摩格利的身旁,不时拍拍他的肩膀。她似乎仍然不太确定,眼前这个男孩到底是自己以前的儿子纳苏,还是某个了不起的森林之神。不过至少他是有血有肉的活物,想到这儿,她心里又欢喜起来。

"儿子,"她终于忍不住说,眼中满是自豪,"有没有人跟你说过,你比所有人都长得好看?"

"啊?"摩格利一脸茫然地看向梅苏亚。自然,他从未听过这些话。梅苏亚温柔地笑了。光是看到他这副表情,她就心满意足了。

"那我就是第一个跟你说这话的人了?没错,虽然这事很少见,不过一个母亲应该告诉儿子他长得很好看。我从来都没见过长得像你这么好看的男人。"

摩格利扭着头,像是想往自己的身后看到自己的模样。他把梅苏亚逗得哈哈大笑。不知怎的,摩格利也莫名其妙地笑了。一直在他们俩之间跑来跑去的小男孩也跟着一起咧嘴大笑起来。

"不行,你可不能嘲笑你哥哥。"梅苏亚一把抓住小男孩,将他抱到胸前,"你要是有哥哥一半好看,就能娶到国王最宠爱的小女儿。到时你就能骑上大象了。"

梅苏亚说的这些话,摩格利一句都没听懂。他刚才跑了四十英里,已经有点疲倦了,这会儿热牛奶渐渐起了作用。于是他蜷起身子,很快就睡着了。梅苏亚拨开遮住摩格利眼睛的头发,为他盖上一块布。看着熟睡中的男孩,她满心欢喜。永远警醒的本能告诉摩格利,这儿很安全。于是像平常在森林里那样,摩格利整整睡了一天一夜。最后,盖在脸上的布让他梦到了陷阱,摩格利从噩梦中遽然惊醒,猛地跳了起来。这一下差点震得小屋一晃。他站起身,手握小刀,准备随时迎战,然而转动的眼珠出卖了他。他的眼中仍然流露出浓浓睡意。

梅苏亚微笑着给他送上晚餐,不过是几片用烟火熏烤过

的粗面包,一点米饭,还有一团腌酸豆——刚好让他撑到晚上打完猎。空气里流淌着一股凉意,那是从沼泽传来的露水的气息。他顿时变得饥肠辘辘,坐立不安。他想要结束春日的长跑,可那个孩子非要坐在他怀里,梅苏亚又非要把他一头乌黑的长发梳理整齐。她边梳头边唱起幼稚的童谣。她一会儿冲着摩格利不停地喊儿子,一会儿又央他赐给小儿子森林的魔力。小屋的房门紧紧闭着,摩格利却突然听到一个熟悉的声音。一个灰色的大爪子从门缝下伸进来,梅苏亚见了惊恐地张大了嘴。灰兄弟在门外呜呜直叫,声音里充满了焦虑、担忧和愧疚。

"出去,在外面等着。我不叫你别进来。"摩格利头也不回地用丛林语言说。那只巨大的灰爪子马上消失了。

"不要——不要带着你的——你的仆人在身边,"梅苏亚惊恐地说,"我,我们一直与丛林和平共处。"

"他没有恶意,"摩格利站起身,"想想你们前往坎希瓦纳的那个夜晚吧。一路上,你们的前后左右全是这些家伙。不过我懂了,即使在春季,丛林兽民也不会总是忘记我。妈妈,我走了。"

梅苏亚恭恭敬敬地退向一旁，心想他确实是森林之神啊。可摩格利的手才一碰到门，内心深处萌动的母性让梅苏亚不顾一切地扑上去搂住他的脖子。她忍不住一次又一次地抱住他。

"记得回来啊！"梅苏亚在摩格利耳畔低语，"不管你是不是我的儿子，记得回来！因为我爱你——你看，他也很伤心。"

小男孩哭了起来，因为这个带着亮闪闪的刀子的男人要走了。

"下次再回来！"梅苏亚重复道，"不管是白天还是黑夜，这扇门永远都向你敞开。"

摩格利喉咙紧绷，像是被绳子从中间扯得动弹不得。他勉强答道："我一定会回来的！"

灰兄弟趴在门槛上，拼命地凑过来讨好他。摩格利推开他的脑袋说："这会儿，我还是得说你两句，灰兄弟。很久以前，我大声呼喊你们四个，你们为什么不来？"

"很久以前？那不过是昨晚的事。我——我们正在丛林里唱歌，新的歌曲，现在可是发新声的时节。你还记得吗?"

"是啊,是啊。"

"我们——我一唱完歌,"灰兄弟诚惶诚恐地说,"我就离开他们,追着你来了。我追着你的足迹一路赶过来。可是,小兄弟,你做了什么——和人类一起吃睡?"

"要是在我喊你们时,你就跟来了,这种事就绝不会发生。"摩格利没好气地说。他跑得更快了。

"那现在你要怎么办呢?"灰兄弟问。

摩格利正要回答,一名身穿白衣服的少女沿着村外的一条山路走了下来。灰兄弟马上从他眼前消失了,摩格利也悄无声息地躲进旁边一块高大茂密的庄稼地里。他们离得那么近,摩格利的手都快碰上那女孩了。这时温暖翠绿的庄稼秆像帘子一样合拢,挡住了他的脸,摩格利就像鬼魂一样消失得无影无踪。女孩以为自己见到了鬼,惊得尖叫起来,然后她又重重地叹了口气。摩格利偷偷地拨开茎秆,眼睁睁地看着她逃离了自己的视野。

"我还是不明白,"他叹道,这次轮到他叹气了,"我喊你们的时候,你们为什么不过来?"

"我们跟着你——我们跟着你。"灰兄弟嘟哝着,舔舔摩格利的脚丫子,"我们一直跟着你,除了发新声的时节。"

"如果我回到人类中去,你们会跟我去吗?"摩格利低声问。

"当年狼群赶你走的时候,那一晚,我不是跟着你去了吗?你躺在庄稼地里,是谁把你弄醒了?"

"是你!可再有一次呢?"

"我今晚不是也跟着你吗?"

"没错,可下次呢,再下次呢,还会有下一次吗,灰兄弟?"

灰兄弟沉默不语。随后,他自言自语地低吼道:"黑豹说得对。"

"他说什么了?"

"最后人会回到人类中去。我们的妈妈拉克夏说过——"

"我们大战红豺的那个晚上,阿克拉也这么说了。"摩格利嘟囔着。

"卡阿也这么说过,他比我们大家都聪明。"

"你怎么说,灰兄弟?"

"他们曾经用恶毒的话语赶走了你。他们用石头打伤你的嘴,他们派鲍迪奥来追杀你,他们本来要把你扔进红花里。是你,不是我,说他们卑鄙无耻,不讲道理。是你,不是我——我追随我自己的族民——让丛林吞噬了他们的村庄。是你,不是我,唱起难听的歌骂他们,比我们唱给红豺的歌还刻薄。"

"我只问你怎么说?"

他们边跑边聊。灰兄弟听罢没出声,他小跑了一会儿,然后在纵身跳跃的间隙,气喘吁吁地这么回答:"人崽——丛林的主人——拉克夏的儿子——与我一同长大的兄弟,虽然在春季,有那么一小会儿我会忘了你,但你的路就是我的路,你的窝就是我的窝,你的猎物就是我的猎物,你的生死之战就是我的生死之战。我可以代表那三个兄弟这么说。不过你打算怎么向丛林诸位交代呢?"

"我已经想好了。我得马上说,不能等见到他们或者打猎时再说。你去找他们,叫他们都来会议岩,我会把心里话告诉他们。他们也许不会来——在发新声的季节,他们也许会忘了我。"

"难道你从来不会忘掉什么吗？"灰兄弟语气干脆地回头问道。他俯下身正准备加速，摩格利紧随其后，若有所思。

在别的季节，只要摩格利一召唤，所有的丛林兽民都会紧张地赶来见他。可现在他们光顾着捕猎、搏斗、杀戮和唱歌。灰兄弟挨个跑去找他们，在他们跟前大喊："摩格利要回人类那儿去了。快来会议岩吧！"这些兴奋快活的子民却回答道："天气一热他又会回来的。暴雨会将他赶回洞穴。快来和我们一起奔跑歌唱吧，灰兄弟。"

"可是，丛林之主要回人类那儿去了！"灰兄弟又重复道。他们却纷纷嚷道："哎哟喂，难道发新声的季节不比回人类那儿好吗？"当摩格利迈着沉重的步伐，走过令他记忆犹新的乱石堆，来到他头一次加入狼群的会议岩，却只见到他的四个狼兄弟，老眼昏花的老巴鲁，还有冷血的大蟒蛇卡阿——他正盘踞在阿克拉曾经躺卧的岩石上，阿克拉死后那个石座就一直无人问津。

"那么，你的路是要在此结束了吗，小人崽？"卡阿问道。摩格利一屁股坐下来，双手掩面。"哭吧哭吧。我们都流淌着相同的血脉,你和我——人和蛇一样。"

"为什么我没被红豺撕成两半呢?"男孩呻吟道,"我全身无力,却不是因为中毒。不管白天还是黑夜,我都能听到身后的脚步声。我转头却见不到一个人,好像有人见我一回头就马上躲了起来。我去树后面找,那儿没有人;我大声呼喊,也没人回应。可我总觉得有人听到喊声,却并没有回话。我躺下去却睡不着。我跑完了春日长跑,还是平静不了。我洗完澡,还是全身发烫。我厌恶杀戮,可打斗时我满脑子只想着置对方于死地。我全身热得像是有红花在燃烧,可我的骨头又冷得像泡在水里——还有——原来我懂的东西现在我全都搞不明白了。"

"不用说了!"巴鲁缓慢地扭过头,转向摩格利躺下的地方,"阿克拉在河边说过,摩格利会把摩格利赶回人类那儿去。我也说了,可现在谁会听巴鲁的话呢?巴希拉——今晚巴希拉在哪里?他也知道。这是法则。"

"我们在冷穴见面时,人崽,我就知道了。"卡阿微微扭动他那盘成一团的大身子,"人最后会回到人类那儿,虽然丛林并没有驱逐他。"

四头狼互相对视了几眼,又齐刷刷看向摩格利,他们的眼神迷惑而恭顺。

"这么说来,丛林不会赶我走了?"摩格利磕磕巴巴地说。

灰兄弟和另外三头狼愤怒地咆哮:"只要我们还活着,谁敢——"他们还未说完,巴鲁便示意他们闭嘴。

"我教过你们法则,现在轮到我来说话了。"巴鲁开口道,"虽然我现在看不见面前的石头,可我却能看到遥远的未来。小青蛙,走你自己的路吧,和你的同胞兄弟,你的同类一起过吧。不过,只要你有需要,不管是你想让我们出手相助、打探消息或是帮你传信,记住,丛林之主,丛林居民随时愿意为你效劳。"

"中层丛林也愿为你赴汤蹈火,"卡阿接口道,"我替那些大家伙说这话。"

"嗨呀,我的兄弟们,"摩格利扬起双手,抽抽搭搭地喊,"我不明白,我也不想走,可我的双脚要拖着我离开这儿。我怎么能离开这里呢?"

"不,抬起头,小兄弟,"巴鲁重复道,"离开没什么不对的。蜂蜜吃完了,我们会离开空空的蜂巢。"

"要舍掉这身旧皮囊,"卡阿也跟着说,"我们才会有新的开始。这是'丛林法则'。"

"听着,我最亲爱的宝贝,"巴鲁说,"这儿谁也不会劝你留下,或是想办法让你留下。抬起头来!谁会质疑丛林之主?当你还是只小青蛙时,我就远远地看着你在这儿玩石头;以一头刚杀的小公牛为代价赎买了你的巴希拉,他也看着你。现在只有我俩还像当年一样照看你,因为你的养母拉克夏和你的养父都死了。当年的狼群早已灰飞烟灭。你知道谢尔汗死了,阿克拉也死在了红豺堆里,要不是你凭借智慧和力量拯救了新一拨西奥尼狼群,他们也早已变成一堆枯骨。你不再是那个恳求狼群让你离开的人崽,你是能决定是否要转换自己人生轨迹的丛林之主。谁会质疑一个人按自己的方式行事呢?"

"可是巴希拉,还有那头赎买我的公牛,"摩格利讷讷道,"我不能——"

就在此时,会议岩下的灌木丛中传来一声震耳欲聋的咆哮和枝丫断裂的声音,打断了他的话。紧接着巴希拉跳了出

来。他还是那么轻盈、强壮、威风凛凛，风采不减当年。

"刚刚我没有赶过来，"巴希拉伸出一只湿答答的右爪说，"是因为我跑了很远去捕猎，不过这会儿猎物已经死在灌木丛里了——一头两岁的小公牛——那头还你自由的公牛，小兄弟。现在你所有的债都还清了。至于别的，巴鲁已经替我说完了。"他舔了舔摩格利的脚，"记住，巴希拉爱你。"巴希拉哭着纵身一跃，从会议岩上疾奔而去。少顷，山脚下传来巴希拉响彻云霄的哭声："祝你在新的征途上捕猎顺利，丛林之主！记住，巴希拉爱你。"

"你听到了，"巴鲁说，"没什么可牵挂的了。现在你走吧，不过走之前，先到我这儿来。哦，聪明的小青蛙，请到我身边来。"

摩格利走过去，一头靠上那只瞎了眼的老熊，双手搂住他的脖子，抽抽搭搭地哭个不停。伤心的老巴鲁无力地舔舔摩格利的脚。一旁的卡阿叹息道："蜕皮太不容易了！"

"星星变稀了，"灰兄弟嗅了嗅扑面而来的晨风，"今天我们在哪儿筑洞呢？从今往后，我们将踏上一条新的道路。"

摩格利的故事到此为止。